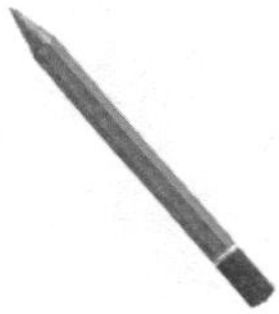

杜小悅的異想1985

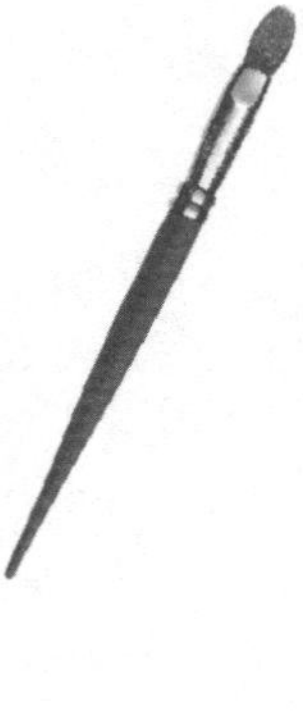

湯素貞・著

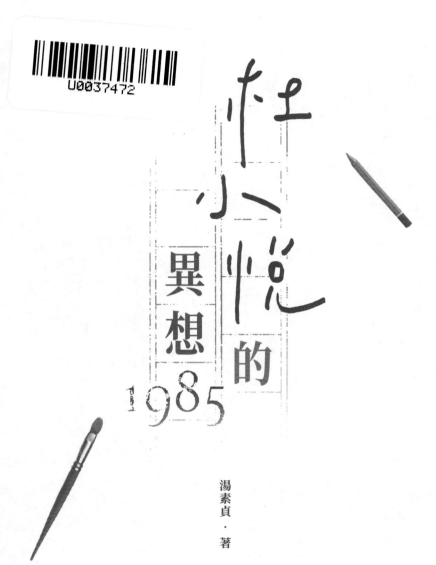

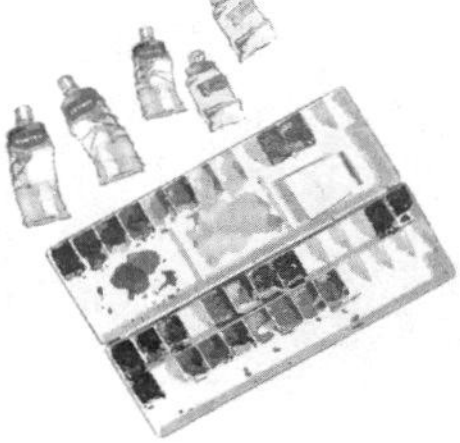

推薦序

操場上的矢量及純量

校園時代的青春及顏色，像學校操場，擾攘雜沓，什麼都有。每個人的回憶裡，都有那麼一個操場。操場的景色風情各自不同，有時像斑駁的牆，讓你看著自己曾在牆上留下的留言刻字，令人唏噓。時而又像斑爛的葉隙之陽，亮麗歡快，年少青春的姿意。校園青春很飄忽很難捉摸，對寫作者是種挑戰。有挑戰，就有人應戰。但作為寫作者的我，卻寧逃離這戰場，另尋敵手。原因無他，青春難寫、校園難寫，失敗作品多得可繞校園操場一百圈。

校園，什麼事都會發生，但這些發生過的，卻缺乏戲劇張力。頂多算「事件」，連「情節」都很難搆上。真硬寫，搬上螢幕或躍上紙面成為小說，觀眾看了只覺是某個或幾個小屁孩無病呻吟的蒼白青春。

校園青春與啟蒙重合、與初戀重合。啟蒙與初戀算不算同件事？沒人說得清楚。唯一說清楚的是佛洛依德。他說都是「性」。這答案，是事實，我們卻不願相信。

我們寧把那飄忽幽微，說不清楚的啟蒙藏心裡。每個人的啟蒙觸發都不同，你搞不懂我的。我弄不清你的。它映進心裡，成永遠的琉璃倒影。很淨，很純。別人看不明白，自己也說不清楚。

故事寫作，是線性的，有重量的，需要方向的。那力量，是向量。啟蒙，卻像純量。純量也是能量，可卻無方向。時而成為飄忽情絲，向外飄曳，一縷隨風，沾在某個校隊男生肩上。時又向內發散，牽動莫名憂傷。校園青春難寫，原因即此。物理課可今天來了個杜小悅，她悠游於純量及向量之間。她時而氧化，時而還原。物理課本說得沒錯，有氧化，就有還原。

《杜小悅的異想1985》，看得我膽戰心驚。因每在向量敘事時，忽爾抒情純量。我總替作者捏冷汗。抒情逸散，可以。可如無法回歸敘事，就不成故事了不是？每每甫冒此念，故事又自純量回歸向量，回到敘事軌道。像溪裡飄葉，葉順流，遇石險，輕打個轉，悠然過了。那姿態，很美。閱讀，為的是發現那種美。

——編劇　黃世鳴

作者序

我是杜小悅的翻譯機

這是發生在民國七十幾年的故事，五年的時間橫跨了女孩和同儕最寶貴的時光，從戒嚴跨到解嚴，髮禁提早解除的時代，一股西方嬉皮的叛逆頹廢風搭著全球化的流行文化吹過來，大學城歌唱比賽，以及女孩學校對面的玫瑰唱片行帶來了流行音樂最璀璨的明星偶像們；國家的經濟成長，國內政治詭譎的陣痛著，以及海的對面天安門事件爆發，小蔣這時候落幕，都是具指標性的歷史事件。

然而國立五專校園內的學子都經歷了什麼？原本考上高中第一志願的學生為什麼選擇就讀國立五專？五年制的那年代的學生，若沒有人細細敘述，將會是一部擦肩而過最遺憾的美麗詩篇，為什麼翹課一百天？為什麼能翹課一百天不被發現？為什麼生活如此多采多姿青春不留白的長大？

只有那時候的他們知道，再也不會有了。

杜小悅這一班真的流傳著一本寫了五年的小札，書寫著那年代真實活蹦蹦的青春紀事。

這是既寫實又魔幻的故事，一個大部分明淨年齡時的少女都會得到初戀禮物的故事，一個台灣版的《艾蜜莉的異想世界》和《初戀那件小事》。

・杜小悅：雙魚座的搞怪女孩，像電影《艾蜜莉的異想世界》中的女主角一樣，愛玩、愛幻想。五專學校藝術設計科的生活續紛多彩，社團與翹課佔了大半，杜小悅因為阿祥學長而加入了攝影社，但是搞怪的她，在面對愛情時，卻是靦腆害羞的小女孩，只敢把學長藏在內心最深處，誰也看不出來，這樣的杜小悅，能有機會和學長在一起嗎？

・阿祥（劉步祥）：外語科學長，接任攝影社社長，電到杜小悅的神祕帥哥，行蹤飄忽，忽遠忽近，讓杜小悅體會了青春期暗戀的酸甜與苦澀後卻神秘的消失了，他到底去了哪裡？

・獅子：杜小悅在五專交到的第一個朋友。獅子皮膚白皙，是個美人胚子，但唯一的敗筆就是頭太大，像個大貢丸插在竹籤上，說話還呱啦呱啦的，氣質盡毀。家裡經營礦石產業，原本富甲一方，沒想到卻在一夕之間暴落，還有黑道上門威脅要把她帶去陪酒還債，獅子到底該怎麼辦？！

‧錦雯：因為開學第一天升旗會上昏倒讓人印象深刻，而被全班一致通過成為班長，這班長一當就是五年。智力測驗成績139，面對愛情卻是容易心軟的小女人，一心陪伴在健言社社長阿峰身邊的她，能修成正果嗎？

‧章章：皮膚白皙、身材婀娜，藝術設計科幾朵美人花之一，處女座的她，理智而現實，對於自己的感情保密到家，只有極少人能知道她的感情事件。

‧滷肉：速寫課上被全班票選為藝術設計科最美一枝花，沒想到高興不了多久，一個消息將她砸入了地獄——她需要穿比基尼擔任速寫課模特兒。這讓這輩子只穿過膝下三公分的她怎麼活？但是不擔任模特兒這門課一定會被當，全班開始替滷肉想解決辦法。

‧鬧鬧：家人因為算命師的一句話，盡全力阻止鬧鬧的女中之路，鬧鬧與家裡諜對諜依然落敗，進入五專。性格早熟、不服輸的她，雖然對術科並不熟悉，依然埋頭猛追。她的早熟，機車性格的背後，其實隱藏著一個多年來的秘密……。

・貴知：貴知長相雖然不比滷肉、章章，但勝在可愛可人，軟綿綿的讓人融化，自有獨特風情。素描老師迴秋的愛徒睿睿學長獨愛貴知，窮追不捨下終於攻陷貴知，每天在班級門口秀恩愛，閃瞎一眾單身同學。

・婷婷：專二時從國貿科轉到杜小悅班上，不僅是豬哥亮的迷，更是歌手林慧萍的忠實粉絲，追隨林慧萍全台跑透透，夜宿基隆旅店，最後，居然與林慧萍建立起忘年的友誼。

・汝汝：熱愛八卦，熱愛舉辦各種活動，班上活躍的女子之一，專三時競選上了科學會會長，畢業後依然不改性格，與柿子籌辦了同學會。

・柿子：獅子座的好強女子，與杜小悅一起徵選樂隊隊員被刷掉時十分忿忿不平，覺得自己座號比杜小悅前，成績比杜小悅好，沒有理由她上了，自己卻無法入選，雖然之後也候補進了樂隊，但是幾次後就不去了。柿子是班上的活躍人物之一，常與汝汝一同八卦、籌畫各種活動。

・碗粿：吹薩克斯風的樂隊隊長，活潑外放的性格，讓杜小悅與她很快的就成為朋友。能與男生 body body 的她，究竟為什麼逃避復興大學樂隊隊長的追求呢？

・頑皮豹：樂隊室內樂指揮，性格溫溫的，就算已經接任指揮，依然被籠罩在前任指揮紅紅的陰影中。

・每每：樂隊中的小號組員，最喜歡當杜小悅的跟屁蟲，雙子座的她是個八卦大王，所有學姊們的緋聞都逃不過她的手掌心，有了每每，讓杜小悅每天都像在收看八點檔劇，但其實，她想要的，並不只是當杜小悅的跟屁蟲……。

・令狐沖：藝術設計科的速寫老師，與《笑傲江湖》男主角同名，當然沒有人家那麼帥。擁有藝術家的古怪脾氣，上課沒有重點，全班霧煞煞，居然還發 PlayBoy 雜誌上的火辣裸照讓大家練習速寫，原本以為花樣已經夠多了，沒想到還有更多……。

・武大刀：藝術設計科的數學老師，用教高中資優班數學的方式在教大專數學，當死人不償命，人送外號「武大刀」。杜小悅數學成績 59.5 分的重修命運就是武大刀給的。

・山水：藝術設計科的造形設計課老師，一回同學柿子在課堂上暈倒，山水抱著柿子要下樓送保健室，但只習慣拿筆的文弱美術人怎麼搬得動嬌弱昏沉的美少女呢？跑不出幾步就氣喘吁吁，一點都沒有白馬王子的夢幻模樣。在杜小悅專五時，山水接了杜小悅班的班導師，帶大家去墾丁畢業旅行。

・李蒨：杜小悅大學畢業後，在電影發行公司的同事，身為行銷公關的李蒨外型亮麗，與杜小悅情同閨密，兩個性格瘋狂的人遇在一起如同兩朵末日狂花，李蒨陪著杜小悅上山下海一起尋找初戀學長（阿祥）。

・淑娟姐：杜小悅的房東，五十歲的大姐，在師大夜市轉角開了一間希臘風味的咖哩店，杜小悅不時會去店裡幫忙，沒有想到，阿冠竟然也是咖哩店的顧客，老闆娘更是知道阿冠的過去。

・阿冠：電影院公關，因為電影院是否能攜帶外食議題而與覺得外食配電影才對味的杜小悅在網路上隔空槓上，之後兩人又因為工作而在現實中相遇，進而認識彼此，愈走愈近，原來阿冠的心裡一直藏著悲痛的過去，而這個過去，會影響到他與杜小悅的關係嗎？

咚！

班長昏倒了！

生長在還有髮禁的時代，心情和達利筆下的超現實扭曲時鐘是一樣的，好不容易高中聯考吊車尾遞補上本縣市唯一一所第一志願五專，接踵而至的是入學前的第一道關卡：頭髮耳上一公分，裙子膝下三公分。

國中時還能有不碰後領的長度空間，怎麼到了五專反而越活越回去了，這耳上一公分叫人怎麼活？

凡新生第一天報到，無不兵荒馬亂，服裝儀容檢查還真不是蓋的嚴，有人沒過，還得下次複檢，早上升旗時，教官會例行再巡，不合格就揪出來，三年級以內的學生不可以留長髮，男生一律跟高中生一樣平頭，杜小悅看到二年級的學長硬是在眾目睽睽下被教官從頭中央理了一條跑道。那人穿著洗白的五專大學服，改裝後的喇叭褲管，背著短到腋下的書包，頂著中央跑道依然神態自若。

不知道為什麼，即將跨入十六歲的女生，突然特別害羞，連去自助餐店打菜都不敢抬頭，杜小悅意識到這個奇妙的變化，然而班上只有六個男生，放眼望去整個藝術設計科，只有在升旗隊伍中點綴著寥寥可數的學長，也沒什麼好鬧心的，大概男生都被擠到限招男生的應用外語科了吧！

那邊～真的奇貨可居。

「立正、稍息！」升旗值星官從隊伍中竄出，站在場中央呼喊口令的是外語科四年級的劉德城學長，全校女生的男神，他總是在教官囉嗦完畢後登場，有時候是另一位學長跟他輪替，顏值雖也不差，但劉德城外貌神似劉德華，自然無人能敵。之後學校辦了運動會，劉德城在四百公尺大隊接力中展現了肌肉猛男風速的一面，男神的冠軍寶座更是屹立不搖。十六歲的杜小悅對這樣的男子的定位是放在「僅供欣賞，無心褻玩」，跟電影院裡正在上映的《法外情》（一九八五年上映的香港電影，由吳思遠導演，葉德嫻、劉德華主演）男主角劉德華一樣遙不可及。主要是，尚未情竇初開，和她同年紀的都尚未。

五專生和高中生不一樣的地方，是五專一年級就穿著大學服當制服，之前說了，耳上一公分，膝下三公分，配上不能呼攏的白襪黑皮鞋，只能用一個字形容，就是

「醜」，怕是有人一輩子也沒穿過這種黃色卡其A字裙，緊貼在身體上，想像國中時一樣在百褶裙裡面塞一件體育褲都不行，生理期來時特別痛苦，一旦外漏就沒得救。專四以後可以留長髮、穿便服，升旗隊伍的最前兩班都是已經大學年紀的四、五年級學長姊，遠望盡頭，竟是漫長四五年後的事，這樣的差異化其實搭起了一條鴻溝，讓學弟妹們覺得學長姊好遙遠，屬於另一個世界，大概誰也不想回首那醜陋不堪的過往，所以也不好怪他們不願回頭關心學弟妹一眼的冷酷。

升旗隊伍隨著年級高升，人數也越稀少，這種微妙的現象只有智商高、早熟的專一生才嗅得出一絲詭異，像杜小悅這種貨色是絕對無感的。

「咚！」

尖叫聲四起，宛如一棵瘦高檳榔樹壓頂，一百七十三公分高的錦雯側壓在文惠身上，升旗隊伍千古不變都是從左至右、由高而低排，話說這天典禮特別冗長，九月開學秋老虎，又是青春期少女失血，營養趕不上的時期，長那麼高那麼長的錦雯自然血液帶不上頭，身一軟趴下了。柿子跟獅子見機會千載難逢，和文惠三人拖拉著錦雯上保健室，賊笑著丟下一班人繼續曬太陽罰站。

上課第一天千篇一律選幹部，誰也不認識誰，關鍵就在誰有特徵先讓人記住先倒楣，全班拍手通過昏倒的錦雯當班長，其他股長怎麼產生的也只能以稀哩呼嚕帶過來形容。

錦雯上任的第一個政績就是被柿子拳打腳踢逼迫辦離騷小札，她提綱挈領的寫下這段文字：

・試辦設一小扎的第一天，反應很踴躍，表示大家智商都很不錯（比豬高）。開玩笑啦！然美中不足，設一小扎的意義被扭曲了。設一小扎不是用來勾心鬥角、亂開玩笑的，它是用來紓解情緒發洩不快和娛樂氣氛的構想。相逢自是有緣，希望從下頁起，大家很真誠、很痛快、很盡心的寫出你心中的話。

P.S：你寫少，可和前面空一行，寫得多，可用一頁的空間，且於句尾加上年、月、日。

「1985、12、11，祝簡麗蓉生日快樂。」

這是小札創刊的第一句話，簡麗蓉是這班年尾重考生大姊大。

「離騷」是小札的名字，有遠離牢騷、騷包之意。

發刊期五年。

從此上課中、下課後，這本小札無時無刻都流竄在同學的手中。

那年代，也是菜市場名滿天飛的時期，一點名，同名多得不在話下，像文惠同音的還有一個文慧，前者姓張，後者姓周。另一對是個性天差地別的桂枝跟貴知，前者性格像好媳婦阿信，後者是花蝴蝶飛在草叢裡；至於貴知，父母本來屬意取的名應該也是桂枝或貴枝，聽她說是在報戶口時，行政人員故意寫成這兩個字，反正父母也沒有很吹毛求疵，就這樣沿用下來，意思是「人貴自知」。班上果真有同名同姓的一對，林麗如跟林莉茹，那只好依年紀分大林、小林才好叫人，否則武大刀上數學時一喊「林ㄌㄧˋㄖㄨˊ！這題妳上來解。」兩人不就同時頭上一堆問號，嚇到尿褲子才發現叫的不是自己也太冤枉。

武大刀其實不姓武，因為作風像武則天，每學期不眨眼大砍數十人補考重修而揚名。她以數學資優班的教法教專一數學，只有少數高中考上女中、二中的同學能吸收，像杜小悅這種聯考數學都用滾原子筆猜答案的當然跟不上，因為一到五的算式步驟，資優生非常能容忍跳過二、三、四，杜小悅則否，國中好不容易擺脫了一回合的數理科，五專接著來的是比外星人留下的記號更難解的密碼，杜小悅越試圖認真聽，腦袋越空靈，於是，她準備先把數學放一邊。

為什麼有人會考上女中、一中還來唸五專？當時國民所得不比三十多年後的現在，大學的門窄到蚊子蒼蠅都沒縫鑽，杜小悅學校對面的補習街生意昌隆，附近的大樓房間用木板隔成蜂窩租給補習生，有的補了五年以上還沒考上大學，韓劇《請回答１９８８》裡雙門洞的大哥金志峰考了七次才考上大學的景況，在那時的台灣也是有的。

所以像簡介方、鬧鬧、怡君這些女中高材生才會鋌而走險選讀五專，讀完五專，起碼有個第一志願專科的程度，不用去擠那個蒼蠅飛不進去的窄門。尤其鬧鬧，他們全家都很迷算命，紫微斗數算出來鬧鬧如果讀女中會凶多吉少，可能會唸書唸到腦筋燒掉之類的，所以鬧媽就死命的阻擋她的女中之路。鬧鬧是個很好強的人，和她媽互攻心計，她自己算分覺得女中可以吊車尾上榜，所以考五專時刻意考壞，誰知考得不夠壞，第一輪放榜時雖然沒上榜，她媽揪著她等第二輪放榜，所謂的第二輪放榜就是第一輪放榜的榜單，有人沒有當場註冊，機會就空下來給後面的人遞補，鬧鬧在月黑風高的夜晚遞補上了，她的慘叫聲淒厲，天上的烏雲都被震散了。

國中生進化到高中階段，是多數人類因教育因素而經歷的第一次地理版圖的流動，有人從鄉村首次走向市區，杜小悅因此有機會從大自然轉戰到有文明街道和百貨公司的場域，以及認識一直只在市區裡活動的同齡人類。

班上有一半的學生來自市區外圍，靠山靠海都有，有一半是市區人，明顯比外圍的學生市儈早熟許多，柿子、鬧鬧、文慧、情情、汝汝就是，她們都住在市中心的公寓裡，從小的視野就是高樓跟汽車，沒有經歷過像杜小悅、麗蓉、錦雯這些野孩子爬樹、抓青蛙的童年。沒有吹過冷氣的杜小悅，第一次吹到儂儂百貨的冷氣就感冒了，弱雞一枚。

正式上課都還沒暖機，迎新活動跟社團招生就登場了，別忘了，這裡可是高中生跟大學生混雜學制的學校，四五年級就等同大一和大二，科學會和社團的最高幹部多半都是高年級學長姊，杜小悅的閨密讀女中，比國中更變本加厲的補習、晚自習，整天跟書黏在一起，杜小悅的學科只要在期中、期末考前衝刺一下就交代了，平常時間就都在術科和社團玩樂中度過。

若說大學是由你玩四年（University），五專就是由你玩五年，青春就是這樣拿來揮霍的。

先說術科，杜小悅讀的科叫「藝術設計科」，術科佔所有科目三分之二，共同學科像國文、英文、數學、軍訓、護理、體育等佔三分之一，但都是必修，不能沒過關，一不過關就得補考，寒暑假前都會在佈告欄公佈補考苦主，人家放假開心四處玩，苦主還要重考一遍，沒考過就得重修，重修其實類似留級，還是挺丟臉的，許多社團風雲人物出現在重修班的比例還不低，這些資優骨愛玩咖的命運通常有兩種，一種是功課和社團都兼顧，常常上台領的是學業獎跟校外社團競賽獎，記功記到操性成績超過一百分；另一種是叱吒風雲到頂，外務太多，一學期出現課堂沒幾次，屢屢補考屢屢重修，在外一條龍在課一條蟲的英雄本色。

以商掛帥的學校而論，經營已有百年風華的國貿、企管、會計都是熱門科，瓜分掉最多女中跟一中的名額，後來興起的新科電資、藝設、外語，電資超越所有科奔到最高分錄取分數，都知道是因應電子資訊化時代的來臨，外語科有英文、日文兩個專門，搞不清楚為什麼只招收男生，大概覺得商校陰盛陽衰需要調和一下，倒也真是高瞻遠矚，杜小悅班上同學情竇初開的對象蠻多都在外語科，藝術設計科雖分數比外語科高一些，但因畢業出路前途未明，受學校百般冷落，把所有奇奇怪怪的共同科師資都堆過來。

杜小悅上課的大樓叫學明樓，藝設科被放在最高的五樓，沒有電梯，必須五年都是這樣上上下下，證明連位置都被邊緣化，剛開始外語科就在四樓，杜小悅班上幾個女生走上走下時就被那些男生盯上了，像滷肉、章章這類皮膚白皙、身材婀娜的，經過樓梯間都被逼到牆角圍著，邊要名字邊叫囂，福利社在地下室，每天升完旗去福利社買完早餐，上樓時就會有列隊在等著叫囂，杜小悅通常是繞過圍觀的人群暢通無阻，一點苦惱也沒有。

離騷：

・傷腦筋，XX科同學說，本班的同學說本班女性溫度蠻高的，聽了使我腦子茫然（事實），女生要矜持一點，這不離譜喔！

專一最重的術科莫過於「設計繪畫」，由兩位老師共同授課，一位教基礎素描，另一位教速寫；後者有跟《笑傲江湖》男主角一樣的名字令狐沖，蓄有西瓜皮髮型，他有很強的速寫技法、很濃的藝術家怪脾氣，話不多而簡潔，但無重點，常常搞不清楚他的意思，還要請幹部去溝通一下，問清楚後再回來傳達，他通常講完話就默默的動筆畫，因為不擅於和學生溝通，高超的技法也乏人問津。至於那位基礎素描教師迴秋（秋天的茴香）話不多，也不示範，就說個主題讓學生去準備素材，例如石膏三角錐、四方塊、圓形塊，擺著就叫人畫，讓學生們教學相長，班上有些國中是唸美術班的，由錦雯、阿茂、鵝子畫出第一聲響炮，所有人跟著模仿就是，剛開始，還蠻多同學跟不上就是跟不上，不是找學長姊教就是去外面畫室找老師教。

術科頗重的科目還有色彩學，要用廣告顏料平塗，如果是以塗奶油的概念來說就是奶油厚度都要一致，也不能超出吐司邊，一但超出或不夠平就要重畫，R 就是 Return（退回）的代號，有人拿了一疊老師改的分數 R，都要哭出來了，桂枝半夜傳出的哀號聲是因為她好不容易大功告成的一張完美無瑕的奶油吐司，冬夜的一陣寒風透窗而入，她打了一個哆嗦後再打一個大噴嚏，口水不偏不倚噴在作業上變成點點婆草間彌生。

此外，還有造型、字學等等，都是精細到不行，適合處女座強迫症的人做的作業。上了這個道，半夜都在哭，天天掛著熊貓眼睡不飽，杜小悅如果有辦法搶到公車的座位，也能在晃動的公車上畫素描，通車一個多小時當然不能浪費。

圖學一，山水教的，要徒筆畫直線，不能用尺，也不能修白（就是用白色廣告顏料把畫錯的修掉）。

李大袍（本名李卉），她寫字本來紙就會歪一邊，所以雖然她的畫紙是歪的，線卻比其他同學還直。

山水很受不了李大袍在歪紙上畫線，試著把紙扶正，結果李大袍竟然不會畫直線了，全都是斜線。

「老師……，這樣我不會畫啦……。」

山水拿起捲紙打李大袍的頭，叫她在黑板上練習畫直線，還是歪。

「老師……，歪歪的看就正了啊！不是嗎？」

李大袍把頭歪一邊，滿意的看著自己畫的線。

山水拿她沒辦法，就隨便她了。

李大袍看世界的邏輯跟比薩斜塔是一樣的，杜小悅後來很佩服她，認為她是王陽明等級的哲學家。可專一上還沒結束，她就不見了，等不及休學去學校對面補習街上課準備重考了。

五專跟大學一樣有直屬學長學姊家族制，通常有興趣來認學弟妹的都是低年級的學長姊，一下課某某某「外找」的聲音此起彼落，初次來找杜小悅的是四年級學長，帶著一副斯文眼鏡、笑起來眼睛瞇成一線，杜小悅是用偷瞄的才知道他的長相。

搞笑的十六歲女生，講話都不敢看人家的臉，一眼望去，教室外班上幾個遵守耳上一公分、膝下三公分的女同學都是用這種奇怪的姿式跟學長講話。

像滷肉、章章、文惠、錦雯、貴知、情情這種落落大方的女生很受歡迎，外找前幾名就是這幾個。

杜小悅直屬學長是攝影社社長，當然是要拉她入社，開學第一週，地下室福利社門口都是社團擺攤拉人，小女生根本不敢進前去了解，因為不敢看著人說話，直屬學長來拉人，就糊里糊塗答應了。

那一天，記得是個很晴朗的午後，五專生的午休是沒有人在睡午覺的，這時候就是社團和把妞時間，班上此起彼落的「外找」，六個男生就眼巴巴的看著班上的女生被外找出去。

班上的少數族群升旗隊伍一排都站不滿，武仔個頭矮些，個性拘謹卻悶騷，可以穿便服出現的時候，一定是貼身高腰牛仔褲配塞進去整整齊齊的襯衫和白球鞋；花仔的顏值高些，但一股傻勁抵銷了帥，私底下擁有一些保守粉絲暗戀著不敢表白；光仔很囉唆，重考多出大家一歲，就很愛以長兄自居碎碎念，但沒人鳥他，有一陣子老是「Ｂａｄ！Ｂａｄ！」的叫，原來是迷上麥可傑克森；小帥是自行車體保生，射手座一進來就黏著班上漂亮的幾個妞，不夠數還加把國貿科的科花，也算是另類藝設科之光；氓哥最神秘，他總是和班上保持疏離；阿茂是個老屁股、老市儈，乏善可陳。

班上的六朵花，他們的心情應該可比擬落入工科的女孩，公豬賽呂布的爽快，只是沒表露出來而已，但這些個花兒都不是杜小悅的菜，和他們交談直視對望都行，興許是將他們定位為姊妹。

杜小悅是什麼時候情竇初開的，要說也真是措手不及。

回到那日午後……。

攝影社學長來外找杜小悅，她傻傻的跟到四年級教室，原來是攝影社的社團活動，坐定下來，陽光特別亮，從窗外透進來灑在講台座椅上，一位第一次見的學長說了幾句話，因為聲音很細，杜小悅沒聽清楚他說什麼，他說完後走到講台中央的椅子上坐下，一股電光石火的力道無預警穿進杜小悅的身體。

「觸電！」

這個人是那道光的導體，把電導進杜小悅的身體裡，可是地上沒有水，杜小悅沒有踩在水上何以觸電？

空中的霧氣！對了，是霧中的水氣惹的禍。

小學、國中時期偶有欣賞的男生，但僅止於看看就很高興了，並不會放在心裡一直想，這種全身被電到麻痺的感覺對杜小悅來說真的是第一次，這是快接近十六歲時候的事，她不知道其他人是什麼時候，是早了還是晚了呢？

詩人羅蘭巴特都說了，悄然而至，無所準備的才是愛情不是嗎？但杜小悅還是懵懵懂懂隨著命運的流動漂浮，她的個性一直都不像是在溪流裡扎根頑抗的蘆葦，她就是一片沒有主張的浮萍而已，誰對她好便感激涕零銘記於心，誰對她不好咒罵幾句抒發情懷便罷，她也不知道水流會將她帶向何處，到此為止，命運無可商量只能逆來順受是她的圭臬。

這種人壞運氣擊不倒，好運氣也接不住。

像滷肉、情情、錦雯這種飛蛾撲火死不罷休的頑強個性，也是免不了燒傷自己，但起碼淋漓盡致了一回，不枉費青春。

青春，是不能空白的，否則會比死還不划算。

那個電杜小悅的人是準備接班攝影社社長的三年級學長阿祥，外語科。小星座專家異口同聲說雙魚座和天蠍座很容易互相導電，所謂天雷勾動地火，小女生的心理，青菜蘿蔔各有喜好，每個人會被「勾動」的外表和氣質都不同，推回去，形容一下阿祥，冷峻有形的長相配有一雙深潭般探不到底的眼眸，似乎閃過一絲《小甜甜》裡貴族陶斯的氣質。相較其他女孩，應該會更喜歡直屬學長，有著書卷味的陽光男孩，錯就錯在杜小悅雙魚、阿祥天蠍。

「好啊！」杜小悅會後火速的把社費交了，從此以後，心都被阿祥占滿了，再也容不進一粒沙，頂多挪一個小板凳給德城偶爾坐一坐。

杜小悅不像滷肉她們可以跟男生 body body（好哥們、好兄弟的意思），她把喜歡上阿祥的心事埋得很綿密很深，沒有人看得出來，日子表面上看起來還是一樣如常。

這時候班上還沒人開始翹課，因為課表上的堂數都塞滿了，沒有空堂的概念，所以還算循規蹈矩的過日子。

每天早晨第一堂就有課，連續上到下午最後一堂課，杜小悅和獅子同一個方向去西城總站搭車，杜小悅往霧山，獅子往平里，獅子顧名思義身型像一顆貢丸插在竹籤上，頭重腳輕倒是沒見過倒栽蔥，她的容貌美麗，穿起卡其窄裙是《一把青》裡的朱青那種削瘦的風韻，和有渾圓曲線的滷肉與文惠截然不同，章章則是像雕像一樣黃金比例的曲線完美，增一分則太肥、減一分則太瘦的穠纖合度，要說誰在外語科男生心裡的女神地位獨佔鰲頭，據說滷肉和章章不分軒輊，而獅子為何榜上無名，還是頭跟身體的比例太懸殊的關係，還有一個敗筆是說起話來呱啦呱啦，氣質扣分不少。

杜小悅那時和獅子很聊得來，兩人常常說說笑笑一路都很 High，夕陽西下，拖曳出長長兩條荳蔻年華的女孩影子，銀鈴般的笑聲有種希臘壁畫少女圖的氣味，曾經兩人心裡同時閃過一個念頭，友誼是否可以維持到七老八十時，還能在夕陽下說說笑笑拖出兩條一高一矮的老太太的影子。

獅子是杜小悅上五專交到的第一個最聊得來的朋友。

獅子爸爸經營礦石開採的生意，她手上常帶著自家開發的高檔首飾，襯得她白玉般的細肢更顯白皙，人說美女的手毛都很長，獅子真的是。

從學校走往西城的路起碼得走上半小時，路上偶爾有一中的學生同行，前幾年他們頭上還有戴軍人盤帽，後來就沒了，連卡其服都換掉了，時值過度戒嚴至解嚴時代，一中在杜小悅學校附近，隔一個補習街。

200號公車比較多班次，但只到議會站，要到杜小悅家還得轉車，挺麻煩，所以剛開始是走到西城總站去搭公路局，早晨上學也是搭到西城再走到學校。當時多子化，加上上班上學通車族多，常常等車等到灰頭土臉，一車一車發過來都擠不上，尤其每個月第一週大週會趕升旗，班班車從眼前呼嘯而過，招手過站不停是家常便飯，那時還有恰北北的車掌小姐會罵人，學生擠在車梯上臉貼車門連大氣都不敢吭一聲，能讓人擠上就該感激涕零了。

想縮短上下學交通時間，杜小悅從家裡開腳踏車行的同學那裡弄來一台二手腳踏車，用來接駁西城到學校間的路程，一人騎了幾趟還算滿意，某天載了獅子，車子在半路斷成兩截，一人在前座，一人在後座各擁一半一輪面面相覷，照理說兩個都是瘦子都不超過四十五公斤，不應該會發生斷車事件，原來國中同學的爸爸給了一台紙糊的二手車，限乘一人，那之後，又得像夸父追日一樣的趕路。

離騷：

・遲到感言——「遲到」，有很多原因，有些說來別人也不會相信，要解釋也太麻煩，乾脆隨便編個理由，但每次遲到愧疚之心難消，良心不安（因未能掃地），難以面對掃友。唉，心情複雜，本人也不想遲到，每天都五、六點就起來了，但還是趕不及七點三十分……。

入學第一天時，學校做了新生智力測驗，在杜小悅看不懂題目也不知怎麼作答的時候，班長錦雯已經站起來交卷，而且她測驗出來的智商數字是139，設一竟然是全校新生班智商最高的，顯然學業成績跟智商無關。

專一的術科太重，讓許多同學萌生退意，加上學校安排給杜小悅班的數學老師太資優，大刀砍一堆，英文老師教得不知所云，連照課本念都念不完整，考試時還擔心全班分數過低無法交差，期中考集體提高全班幾十分才過得了關。至於國文老師，杜小悅認為教得還不錯，但人善被人欺，大家總在他的課上畫素描，他講得口沫橫飛後刻意停下幾分鐘，全班用 B 鉛筆刷畫紙的聲音唰唰唰的像交響樂一樣整齊。

「我可以讓你們畫，但請不要講話也不要睡覺，請留給我最後一點尊嚴。」他的臉如關公般油亮紅潤，說話的神情語調儼然諸葛孔明從書裡走出來，孤獨站在台上的身影又如荊軻般悲壯，風蕭蕭兮易水寒。

因為下午有迴秋的設計素描課，上午還好是這位好好先生的課，作業就是在「出師表」跟「祭妹文」的襯樂中趕工完成的。

離騷：

・好可憐的色彩學老師，好可憐的國文老師，好可憐的我們。

・你知道嗎？我們自己才是最可憐的，白白的浪費了一次又一次的五十分鐘，無非是浪費自己的青春。自己，無所收穫；老師，毫無損失。

・今天下午女生廁所內，驚聞錦雯女士大叫曰：告訴你們一個好消息，我的十元掉進馬桶去了，已經二、三次了。嘿！好像上廁所也要付錢似的。

傻傻的專一生，會參加什麼社團多半是見色起意為始，錦雯、章章、飛飛整成一隊被外語科學長拐去建言社，一般叫辯論社，她們代表藝設科參加新生盃比賽，杜小悅和班上幾個都去加油，辯的多半是贊不贊成廢除死刑這類的公共議題，抽籤決定正反方，杜小悅是聽得瞠目結舌、血脈賁張，心想同樣是十六歲，腦袋裡裝的東西怎麼差這麼多，這些問題對杜小悅來說如同赤道到北極般遙遠，還要在短時間內就擠出這麼多資料跟論點。

錦雯和章章都住在縣區的前里，和杜小悅、獅子住的另一端縣區霧山、平里呈對角線，錦雯家開熱炒餐館，她可以快速的幫很多桌的客人點餐、送餐、收錢、找錢毫不含糊，她家旁有製作薩克斯風的工廠，也有一年到頭排放廢氣的加工廠，牡羊座的她快意恩仇，為人豪爽，最怕栽進不對的感情裡。

這一班女子，火裡來浪裡去的愛情一點都沒少過。

對於愛情，專一都還只是醞釀期，要膨脹到火與浪的程度得要到專三再說。

建言社的社長阿峰，領袖型的高大帥，所到之處都有鋒芒，是錦雯的最愛，也是很多人的最愛。

錦雯一路與阿峰爭戰大大小小辯論戰役，從校內打到校外的大專盃，但張愛玲的紅玫瑰與白玫瑰之說一直纏繞著，通常不是白玫瑰不夠清麗，也不是紅玫瑰不夠俗艷，《東京愛情故事》裡完治是怎麼愛著里美又忘不掉莉香這種事，爭論再多也無意義，誰知道後來還有一種品種叫薔薇，可愛善解人意，要釋手也難。

班上有些很安靜的小圈圈，她們默默的進了國樂社、古箏社、國劇社、插花社之類的，似乎是想為將來成為賢妻良母做準備。

每人不限參加幾個社團，杜小悅自主性參加的社團是合唱團，因為國中時就對唱歌很有興趣，便自己主動跑去報名，第一次團練時，就迷戀上國貿科四年級指揮姊姊的才華，她開始指揮前長得很可愛，一但投入歌曲的情境後便臉部扭曲、瞪眼張口，儼然一張平整的紙被恣意揉搓出美麗的紋路，杜小悅最受啟發的是「她可以飆高音唱 Soprano 也能壓低聲音唱出渾厚的男聲」。

「太精采了！就像老家的風灌進小巷，時而高唱時而低鳴……。」

杜小悅的內心鼓起掌來，覺得那並不輸給李棠華雜技團的精彩，從此迷上合唱團指揮，不時學著她比手畫腳，瞪眼張口的模樣，指揮姊姊住在會經過杜小悅家往深山去的舍里，專四的學姊可以留長髮、燙頭髮，隨時可穿便服上課，她有頭偏黃的自然長髮，燙得波浪而蓬鬆，配上白嫩的膚色、細緻的五官，在團裡很受小男生喜愛，二、三年級的學長老繞著她轉，她……也屬花蝴蝶科。

專一的日子就在每日通車、成堆的作業、聽不懂的數學課中日復一日的過，突然有一個訊息飛了進來。

「樂隊招考新生，有獎金可領。」

獎金二字實在是太有吸引力了，杜小悅、獅子、柿子都去報名了，樂隊社辦在福利社旁，去了才知道是個女子樂隊，沒有男生，學姊們看起來都可以當家，因為都是管樂，喇叭類最重的土巴（倍低音號），也是由壯碩的女生扛著吹。

考試好幾關，有打擊節奏測試，打擊首席姊姊用手在桌面敲打一遍節奏，考者也跟著打一遍；樂理測試則考些音譜符號代表幾拍，升降音譜記號之類的基本常識；辯音，放一段音樂讓人在五線譜上標出音，還要人張開嘴巴看牙齒整不整齊，後來才知道門牙整齊的話吹出來的音才會好，杜小悅想吹長笛，大部分的女生首選都是長笛，口香糖電視廣告裡長髮飄逸的女主角都是吹長笛。

當天就放榜了，獅子被排在長號（伸縮喇叭），杜小悅被排在小號（小喇叭），柿子被刷掉。

獅子座的柿子自然承受不了打擊。

「憑什麼妳可以考得上？」柿子質問杜小悅。

杜小悅當然搞不清楚，一方面搞不清楚自己為什麼考得上而柿子沒考上，也搞不清楚柿子其實認為自己比杜小悅優秀，在班上的座號是以成績排列，考上分發時成績最好的是一號簡介方，依此類推，柿子在五號，自然比三十一號的杜小悅成績好，所以她認為自己沒考上，杜小悅也不應該考上，她的個性直爽，有什麼講什麼。

柿子真的很在意，還向樂隊學姊抗議，後來有人沒報到空出名額，柿子遞補上來，只是團練幾次之後，她就退出了，原因不明。

所謂的「獎金」，就是每次早上升旗要列隊在司令台旁，先吹國歌，再吹升旗歌，如果有頒獎，就要吹頒獎樂，雙十節要在路上邊吹曲子邊遊行，每年要參加大專管樂比賽和發表會，有時候市府和美國的某市締結姊妹市，也需要去吹一下，因是任務型社團，所以每個月學校都會發一次零用金給每個團員。

有些學姊愛開玩笑，都說也可以兼差吹一下西索米（送葬）。

如此，杜小悅就一次參加了三個社團，上學期還在暖身，真正兵荒馬亂是在下學期。

第一次新生樂隊團練，杜小悅跟獅子一起去，之後被分開，杜小悅跟小號奮戰，放眼望去，幾個手長腳長的姑娘使勁的在吹長號，獅子吹得臉紅脖子粗，她會被排在長號除了手長腳長，還有一項就是美貌，因為長號排在隊伍的最前方，看起來賞心悅目，比賽的時候評審也可能多加幾分。

和杜小悅一起的小號有五個新手，都吹到沒力了還是沒有聲音，管樂裡聽說小號是最難吹出聲音的，因為口徑最窄，第一回合全部鎩羽而歸，第二次團練就少了一支新手，剩下四支拼命吹。

「咘！」

突然平地一聲雷，四支小號面面相覷，杜小悅開懷的笑了出來，以為是自己發出的聲音，學姊欣喜的恭喜身旁會統科的隊友，杜小悅再用力吹還是沒聲音，真的是會統科那支發出的第一聲，這下其他三支都急了。

所幸不久後陸續都吹出了聲音，杜小悅抬頭看遠方的獅子，她們正吹著鴨叫般難聽的聲音，長號的音階是靠伸縮管的長短位置調出來的，對吹時真的很像幾隻大象在吵架，尤其滑音特別經典，對面木管如長笛、黑管，那才是淑女吹的樂器。

要說合唱團的指揮學姊口技厲害，來到樂隊後，杜小悅才覺之前是大驚小怪了，小號首席學姊可以用口技模仿小號的聲音，如果當初夠勇敢的話，或許可以組個 Acapella 無樂器樂團。應該說樂隊的聲部更多，更靠近古典樂的世界，相較之下，只有鋼琴伴奏的四部人聲合唱團是單薄多了，杜小悅這一無心插柳，還真踏進了一大座音樂森林了。

剛開始樂隊練習時間是在午休時間，其他社團活動的時間也多半在中午，一週大概一兩次，不團練的天才有午休，杜小悅會在吃完午飯後去學校旁邊的儂儂百貨遛噠，看看當季流行的趨勢，最主要是吹冷氣。後來樂隊要求大清早上課前跟傍晚下課後也要留下來團練。上完一整天課再加上早晚團練，搭上公路局時已經累得奄奄一息，有位子坐的話很快就會陷入沉睡，頭如果靠在玻璃窗上就是隨著車子的律動咄咄咄的敲出聲音，怎麼敲都敲不痛也敲不醒；如果車子一個大迴轉，頭換個方向倒在旁邊人的肩膀上，也能一路睡到不省人事，那不認識的旁座也不會抽開肩膀就讓人靠著，很有佛心，杜小悅通常能睡到嘴開開口水流出來，慘不忍睹。有時候清醒著，看到和自己一樣失態的人大張口醜態盡出，也沒能感到絲毫羞恥心警惕半點。

累到深處無怨尤時，管他的，先睡再說，反正阿祥又不在這條公車線上，反正蒼蠅蚊子不飛進嘴裡就好。

杜小悅其實有遇過一次公路局色狼的經驗，但因為學校性教育不成功，她搞不清楚是什麼也就不了了之，是某天早晨好不容易擠上沙丁魚公路局，腰際有一個硬物一直戳她，她覺得很煩轉頭看了一眼，是個猥瑣的年輕男子，臉上是被抓包的尷尬表情，杜小悅不知道他為什麼是那個表情，挪挪書包位置擋住腰際，車掌小姐吹哨，公車停靠，一陣大風吹似的上下車人潮流動，杜小悅再轉頭，那人就消失在人群裡了。

山水是造形課的老師，科裡的術科老師幾乎都是大學美術系畢業的，偶爾幾個例外，山水是那種要笑也不敢狂笑出聲的人，他會壓進去成內傷，講話也只敢把嘴巴撐開一點點，他教專一的造型，就是把紙切割分解後再組成各式各樣的立體造型。

又有人暈倒了，在山水的課上。

這次是柿子，在文慧的尖叫聲中。

「老師！柿子暈倒了。」

青春期失血過多，一點點刺激就很容易暈倒。

文慧有一個很像周華健的下巴，杜小悅逢人就說她是周華健的妹妹，竟能騙倒一些人，可知當年人心有多純樸了吧！

是騙誰呢？自家鄰居小孩。

有一次拿著文慧的照片繪聲繪影的說給鄰家的一對兄妹聽，兩人從此深信不疑。

全班往文慧尖叫的方向看去，她手上拿著一把美工刀，而柿子躺在一旁眼睛緊閉。

靜默慌張了幾分鐘，山水一個箭步迎上去，抱起柿子，顯然因為柿子有些沉而略顯吃力，麗蓉、文惠、錦雯還有杜小悅一擁而上，彷彿抬好幾噸重的柿子要下五樓，班上明明還有六個男丁卻像神隱了一樣，實在莫名其妙。這一路要九彎十八拐好幾個轉角梯，山水雖是三十幾歲壯年，但美術系的文生拿的是畫筆，扛這重物吃力不在話下，到第三個轉角已經氣喘吁吁，柿子被一下較大的震動震醒，眼睛微微張開，顯然意會到發生什麼事後羞到不行，只好把雙眼閉得更緊，她應想若這時候從山水的胸膛甦醒，絕對會想找地洞鑽進去。

如果，山水跟阿祥或德城一樣帥，這劇情應會急轉直下……。

柿子在保健室休息後，沒事一般的繼續上課。

「我跟柿子搶美工刀，喀擦一聲，柿子就昏倒了。」文慧說。

「我以為割到我的骨頭……。」柿子補充。

那時彈簧美工刀剛上市，往前推出時會有喀啦喀啦聲，柿子以為是手指骨頭被割斷，嚇暈了，事後查看什麼傷都沒有。

雞飛狗跳中，社團、學科、術科、通車就是專一生的生活樣貌，讀了才知道比其他科都燒錢，圖畫紙、畫圖器具、耗材顏料，樣樣都得額外再支出，又累又貴又前途未卜，已經有些同學在耳語要準備跳船重考或轉科了。

離騷：

．討厭！討厭！真的很討厭！

．討厭？討厭什麼？日子過得不是挺好的嗎？樂觀一點吧！

．我不願虛度生命，卻浪費了很多光陰！

．造成了錯誤，就不要後悔，面對它、突破它，不要遷就它。

．有時你必須固執些、任性些。

．曾經，在那一段最痛苦的日子裡……。

期中考終於到來，學科也是多得不得了的考試，平常根本沒時間唸，只有幾個資優生延續國中習慣常態性複習，像會統科的樂隊室外指揮君佩，在早晨升旗前團練時，會趁空檔擺一張桌椅溫書，環境再吵雜都念得下去。樂隊在分部發音亂練時，說有多吵就有多吵，她就是那種可以風靡全校和校外的長腿美貌的樂隊指揮，也能上台領書卷獎的資優生。

像杜小悅這種人都是考前一天才開始衝刺，一次只能做一件事，無法一心二用的笨蛋，因為有重修和死當的機制，很少人敢等閒視之，她用一天的時間把好幾篇文學偉人文章背進腦子，還要把文言文攤開成白話文，其他還有英文、數學、憲法、地理、日文、公民，連色彩學都排進期中考，色彩學考色相、明度、彩度、孟謝爾色立體，色票小小一本也是貴得要死，這種一天之內把頭腦塞滿文字然後得在隔天的考試吐出來的經驗，杜小悅是第一次經歷，走在路上動作稍微大一點都要小心呵護，免得文字從腦袋瓜裡掉出來，少對一題被當就冤枉了。

期中考試還蠻嚴格的，採梅花座和他班互調，要作弊簡直很難，小帥和氓哥前一晚都在刻鋼板，好像也派不上用場，科主任咚咚是大眼雙眼皮下垂的瘦子，長臉緊抿的嘴一看就不單純，他專找小帥這種有點「暢秋」要小聰明之輩的碴，看不慣小帥的還有鬧鬧，小帥也看不慣鬧鬧，他看不慣她長得抱歉，她鄙視他功課不好還敢囂張。

「妳長得真醜！」

小帥是那種會直接說出口的白目射手男，他總是以為班上的幾朵花都屬於他。

考試應該是五專時光最難玩的活動了，咚咚很機車，他抓到小帥跟氓哥的鋼板，發出第一個記過警告，正在教室裡僵持時，教室外有人叫囂，是某學長在公布標準答案，教室內還有一堆人沒交卷，趕緊多寫上幾筆。

咚咚火速飛奔出教室要逮人，每個人都說：「不是我！」、「不知道！」

可見咚咚的粉絲團裡一個成員都沒有。

小帥被盯上，日子似乎開始卡卡。

考試成績出來了，數學死了一堆人，包含杜小悅。

離騷：

・憲法課實在無聊！沒事幹！

・本班讀書風氣很差，作業常常遲交（常常自己訂時間交），掃地常常遲到，作業常常抄襲，上課常常做別的事（如看小說、寫作業、睡覺……，無奇不有），嗚呼哀哉、嗚呼痛哉……，此雖人之常情，但為了設一會更好，以身作則，建立良好班風。

・很莫名其妙的感傷，很不知所措的無奈，對這世界的所有，心灰意冷，對這人情冷暖的所有感嘆，的確，這世界已經很糟很糟，的確，這人情已經很冷很冷，但，你可曾想過，這世界，這人情中，有我也有你，別要求別人，別埋怨這世界，只求自己問心無愧，瀟脫……。

・為什麼人是自私的？「俗語說人不為己，天誅地滅。」一話是不錯，但當你發現，人生本是一場空時，你便不會再有什麼慾望及自私。

・我發現，我在本班是多麼幼稚純潔，因看了同學們寫的詩或其他，天啊！我快受不了了！哇……。

反正死不到臨頭，繽紛好玩的社團淡化了不少憂愁，杜小悅這些愛玩咖看在上進的同學眼裡，應該是很不入流的。

下學期一開始，點名單就去了一大塊人，像簡介方這種數學課能跟武大刀對話的資優生，早早被勸退準備重考女中了，她其實術科也很強，是班上數一數二的強，還有幾個本來高中就考上女中跟二中的人也在消失的行列，應該都到對面的補習街報到了。剩下的還有好幾個也在準備校內轉科。

奇妙的是，鬧鬧沒有消失……。

她其實一直很水土不服，怪班上的同學笨又愛玩，她剛開始的術科也表現得差強人意，什麼社團都沒參加，老是發出美環般的聲音對人嗤之以鼻。

下學期開始，樂隊準備讓新生開始正式出班吹早晨的國歌、升旗歌，要背譜，杜小悅是懶得背譜的混水摸魚之輩，胡亂吹一通，小號學姊李冰每次站到她身邊驗收都皺起眉頭。樂隊站的地方看不到德城值星喊口號，是為美中不足。

君佩會在司令台上高高的站著，在德城喊完口號後，由她指揮大家唱國歌，然後轉過來指揮樂隊吹國旗歌，要說登對，應該就是值星官跟室外樂隊指揮吧！

杜小悅分得很清楚，德城是僅供遠遠欣賞的太陽神，阿祥才是擊中她心臟的那支箭。

同學間開始有耳語出現，滷肉大方的表示德城是她的最愛，意思是閒雜人等退散，宣示了主權。

學校附近有冰菓室，也有唱片行，當時是唱片銷量最好的時候，唱片行常常放當時最流行的華語跟西洋歌，有時聲音大到上課都聽得到，柱子上都貼滿了偶像的海報，有李明依、林慧萍、張清芳、蘇慧倫、周華健、張洪量、梁朝偉，還有鵝子的最愛張雨生，杜小悅偶爾會鑽進冰菓室吃蜜豆冰，看著被前面看過的人吃冰時沾濕的民生報影視版和姊妹雜誌。

是德城！

德城走進冰菓店點了一碗冰，坐到杜小悅的斜對角，一樣翻著報紙邊吃邊看，杜小悅定格，內心灑花覺得中了樂透，兩人就這樣無聲勝有聲的吃完一場冰，冰菓室放的音樂是鄭怡的〈小雨來得正是時候〉。

新生盃運動會在下學期展開，班上的股長都是胡亂選出來的，運動會參賽員當然也是胡亂選，杜小悅竟然被選出去跳低欄，和文惠一起。

文惠皮膚黝黑、身形壯碩且翹臀，一看就是運動咖，杜小悅則否，但不幸被委以重任，只好硬著頭皮上，國中時也莫名其妙被選上跑一百公尺短跑，跑了最後一名同學才相信她是運動白癡，專科同學又是一輪新認識的同學，任她說破頭也沒人要信她根本不會，只當她是謙虛推辭。

運動會前，學校在賽場上擺好一些運動設施，低欄也不例外，杜小悅和文惠相約，站在低欄前傻眼，對一百七十公分身高的文惠來說，是叫低欄，但對一百六十公分高的杜小悅來說這叫跳高，兩人還是乖乖的練了幾回，杜小悅拿小時候赤腳玩跳橡皮筋的那股餘勁在拚。

正式比賽到來，初賽檢錄唱名只來了三個選手，想必其他科都怯場了。槍聲響起，三人一起奔了出去，杜小悅竟然一度領先，因為跑到低欄前會停下來跳高，有點鐵人三項的意味，杜小悅覺得不可思議，生平第一次跟人並駕齊驅，以往都只有被遠遠拋甩開的命運，這一爽，在終點前被文惠和另一選手追過，三人比賽得第三名，與有榮焉。

這之後都沒杜小悅的事，她準備去萬好福戲院看一場《法外情》，離開操場前，眾多人在歡呼，是男子四百公尺大隊接力，德城呼嘯過眼前，實在舒心。

杜小悅看完《法外情》回來，正趕上很多體育項目的最後決賽，因為決賽後全校要降旗點名，所以全部的學生都回校看這場精采絕倫的賽事，德城隊輕輕鬆鬆拿到全校四百公尺第一。

低欄決賽出場，文惠也不在其中，顯然是在複賽時被淘汰掉了，場中央的跑道上有六人，槍聲一響，高年級的學姊噴射而出，是和小帥一樣訓練有素的國家隊體保生，她們是短跑健將也練過低欄，所以腿輕鬆一抬就越過障礙。

「實在是太美了！」杜小悅內心崇拜著。

對專一學生來說，高年級的學長姊真的是太神秘太難以置信了，同樣的事發生在合唱團，要準備參加大專盃比賽前團練，指導老師把兩個二專商科的學姊擺在杜小悅的後面，歌曲的第一二句安排獨唱，當那個聲音從杜小悅身後飆出來時，她覺得自己的視野改變了，像飛越到阿爾卑斯山的蝴蝶，那種音色才是她想要致力追求的啊！要說學校能教給學生什麼？同儕間的互相刺激才是王道啊！

攝影社的聚會並不多，學長把社長的棒子交給阿祥之後，人就幾乎沒有出現過，阿祥也很少出現，有一次副社長說要在中正公園外拍，全程都沒看到阿祥，杜小悅內心失望，心想：「這社該不會要倒了吧！」

「攝影社要去崎頂露營！」
學長終於又出現了，這種社團就是有一搭沒一搭的，不像樂隊和合唱團是玩真的，每年都有大專盃的比賽跟發表會，所以都很規律練習，像攝影社這種要倒不倒的社團其實還真不少，這時不知道是不是被雷打到，要辦一場大型活動了。
杜小悅又是迷迷糊糊的答應了，她好像已經把阿祥淡忘了，畢竟上次觸電後就沒再見過他，連在路上遇到的機會都沒有。
「沒想到初戀來得快，去得也太急！」
崎頂在竹南的海邊，需要搭公車再轉平快火車，杜小悅這輩子從沒露過營，傻傻的跟在後面就是了，這次直屬學長也來了，他還帶著許多專四的學長姊同行，分成幾組帶隊，連攝影社指導老師阿宗都來了，參加的人數暴增了幾倍，都不知道從哪裡冒出來的陌生人。
「這社不鳴則已，一鳴驚人！」
上了平快車到達崎頂站，舉目荒涼，只有日本殖民留下的老舊車站和一條鐵軌無限延伸到天邊。

一群人浩浩蕩蕩往露營地走去，從鐵軌的石子路轉到海邊的沙子海，一腳就嵌進沙裡給了見面禮，拔出來時鞋裡都是沙，再走幾步，呼嘯海風從徐到疾，越近海邊營地，樹都發瘋的狂舞。

「這什麼鳥地方？」杜小悅心裡犯嘀咕。

風還捲起沙，攻擊眼睛和鼻孔，連嘴巴張開講話都中，杜小悅後悔莫及。

杜小悅這組的專四學姊綁了一條馬尾辮，很俏皮可愛，直屬學長讓她好好照顧杜小悅，杜小悅突然有種羨慕忌妒感，成熟大姊姊可以跟學長平起平坐的互動聊天打屁，覺得離自己還好遙遠，也不知道到不到得了，總之還沒擺脫少年維特的煩惱階段，都很彆扭。

時程的安排是先讓大家把營帳堆起來，帶來的東西都就定位放好後，就準備要煮晚餐和晚上的營火晚會。一行人被帶到一個空曠的地方，有大學長示範如何扎營帳，有人把大鋼釘插到土裡，和直屬學長一搭一唱邊搞笑邊教學，那人是阿祥，杜小悅的心臟突然噗通噗通的狂跳，上次觸電時還不到這個程度。

阿祥就是來吊人胃口的，他可能有其他任務，所以壓後搭了比較晚班的車過來，這驚喜讓杜小悅的心跳破了百。

因為太久沒見到阿祥了，而且又是在這個需要一起生活兩天的荒郊野地，杜小悅的目光像黏皮蟲一樣黏在他身上，再也離不開了。

夜晚到臨，原本準備的燈火失靈，所有人都在漆黑裡活動，菜洗是洗了，卻無法看清楚有沒有洗乾淨，切是切了，靠感覺也不知道切齊了沒有，主廚是馬尾辮學姊，她的廚藝生疏，大家也就將就點，黑暗中有肉香飄逸，是其他組成功煮了食物，耳中傳入了齊秦的歌〈大約在冬季〉，配著遠方簌簌的海風，杜小悅感到無比的幸福溫暖，因為心一直火熱著，雖看不到阿祥，他在忙著架營火，但她感受得到他。

「吃飯了！終於！」學姊一聲呼喊。

飢腸轆轆的這組人趕緊夾菜吃，摸黑夾到什麼吃什麼，杜小悅塞進嘴巴吃的應該是波菜，嚼了老半天吞了一半還有一半在口裡，學姊根本沒切斷就煮，差點噎死杜小悅。

直屬學長過來關切，發現有點誇張，回頭夾了幾塊雞肉給杜小悅，這才解了飢。胡亂吃了一通，胡亂洗了碗盤，營火晚會來了。

是天才才會選冬夜到崎頂露營，寒風料峭的，還好這營火燒得旺，才讓人暖一些，杜小悅的眼睛又黏在阿祥身上了，她生平第一次這麼失控，以前遇到喜歡的男生都可以辦到假裝不看他，這次完全破功。

耳畔進行的遊戲、唱的歌都變成模模糊糊的襯底，她只看得到阿祥，眼神呼應著營火發出的火光，只怕一個不小心引燃全身。

突的一閃神，阿祥不見了，杜小悅一陣慌亂，目光四處找尋，都沒有。

杜小悅身後傳出歌聲，靠她很近，是阿祥，他的雷達早已偵測到杜小悅的眼神，杜小悅轉頭一看，天地為之停止、靜默。

莫非，這就是愛情。

這時候的女孩發現愛情，張清芳唱的那首〈我還年輕〉真的是唱進心坎裡了，

在生活中邂逅的事情　是誰也說不定
你捕捉我游移的眼神　想挑動我的心
我還年輕　陌生的感情　最好不要太接近

在惡夢中不停的追逐　在沈睡中驚醒
那黑暗中閃動的星光　像窺探的眼睛
我還年輕　心情還不定　難接受你的情
只好告訴你　我早已經給了別人我的心

杜小悅的心輕飄飄的在帳棚裡過了一個夜晚，根本睡不著，這種炙熱的愛慕有了回應真是頭一遭，她根本不知道如何應對，像等待手術的病人被打了麻醉劑般渾然。

天亮後，心裡才開始有痛覺，又甜又酸、又樂又苦，她不再那麼熾烈的追隨阿祥的身影，像一隻舔傷口的母獸，不知該如何消化這從所未有的情緒。

那時真的還小又晚熟，不像鬧鬧已經開始閱讀蔣勳。

鬧鬧有一陣子神采奕奕，對她來說，在這個志不得伸的地方很難見到她這種神情。

她說她正在追呂勘，是大學美術系的教授，彼時留學海外又能將歐美的藝術美學說出一朵蓮花的人甚少，呂教授收攏了很多粉絲追逐，除了在廣播電台有固定的美學節目，還應邀講座演講。鬧鬧說她每場演講都到場，而且都比別人先到，為了搶講者正對面的位置，雙子座的她真的很會盤算，都市長大的小孩都有這個特點。

鬧鬧的早熟，除了顯現在國文課作文的文采，就是她能迷戀上呂教授，太少十六歲的女孩能迷戀大自己那麼多歲而且說著無聊的藝術美學學問的男人。

她說她坐在呂教授正對面，擺著像學長姊在畫室畫的維納斯女神石膏像一樣的完美角度，手托腮而深情的看著眼前的男神，要柳下惠也要發現她的意圖了。

但不管早熟晚熟，愛情就是冷酷無情的反噬饕餮，不經意給人狂喜，也無聲無息的咬人出血。

一段時間後，鬧鬧神采黯然，杜小悅關心她。

「我不了，呂勘有愛人了，而且是個男的，他是同志。」

什麼樣的愛情可以讓人瞬間絕望？

杜小悅知道答案了，連挽回或瞎攪蠻纏的機會都沒有。

更讓杜小悅佩服鬧鬧的是，在那個極其封閉的年代，鬧鬧是如何得知這天大的內幕隱私，而且經過歲月的掏洗消息完全正確，鬧鬧的絕望並非全是喜歡的人是同志的因素，而是她的情敵如此巨大，如此和意中人般配，這世上應該再也找不到更好的一對戀人了，那是個舞蹈家才子，同樣收攏了一大廓女性粉絲團。

崎頂的午後浪漲翻騰，人群都在餘興遊戲中歡笑，杜小悅追隨鬧鬧，也開始了花間心事，一人越過被海風騷擾從未靜止過的瘋樹林，瘋樹林外是一大片沙灘，海水捲成一條銀浪綴飾著沙灘，瘋樹林那一端傳出吉他聲和歌聲，唱著黃仲崑的〈無人的海邊〉。

杜小悅脫了鞋襪，沿海浪緣邊散步邊跟著唱，伴著海浪的聲音，孤寂而美麗。

杜小悅怯懦迎向愛情，是個俗仔，她害怕像司迪麥口香糖的文案說的：「幻滅是成長的開始」，所以她把昨晚營火晚會裡獲得的那塊美味絕倫的蛋糕鑲嵌在心裡，用舌頭舔著，細細品嘗，她才不敢一口咬下，怕一不小心吃完了，她更怕像鬧鬧——被迫幻滅是成長的開始。

「ㄟ～集合了！」

一個男聲打斷杜小悅纏繞萬千的思緒，回頭看，是同組的二年級企管科學長來喊人，他不知道跟蹤杜小悅多久了，隱身在瘋樹林偷看她好一陣。

露營尾聲了，阿宗出場，他找了剛剛喊杜小悅的學長當模特兒讓他解說，指導老師是藝設科的老師，什麼都能教，被分配到什麼教什麼，科裡的老師幾乎都如此，全才也全不才，他講了逆光的拍法，的確那學長的側臉從額頭、鼻峰到下巴，在逆光的角度下，呈現出一條海岸線或山稜線，如果不補光，那條線就是剪影鑲著一條 silver lining（曙光），補了光就會是一張普普通通的側臉照。

課上完後，東西都收拾好，又得蜿蜒一段路去搭平快，杜小悅的眼神已經不再那麼大膽的黏著阿祥跑了，但只要阿祥一出現，心臟還是咚咚咚的跳，法國電影《艾蜜莉的異想世界》的艾蜜莉在地鐵站遇到愛情也是止不住咚咚咚的心跳，人的一生只有這麼一次。

所謂的初，都只有一次。

阿祥忽而神隱忽而出現，惹得杜小悅的心跳忽快忽慢。阿祥很帥很有魅力，在這人群中是否有跟她一樣的心跳？

平快車的節奏優雅而緩慢，冬末早春的鐵軌兩旁，野菊花開得俏皮，火車所到揚起風一路颳翻小黃花，也翻騰少女一池春水。

阿祥不在杜小悅的車廂，直到苗栗站，阿祥才出現，又在少女心湖颳起了如海嘯般的浪潮。

阿祥也才大杜小悅一歲，為什麼像情場浪子一樣的老成，每次都先吊足胃口，再英雄式出場掀起高潮，然後戲劇化的消失。

中間所製造的衝突也是頂尖高招，和好萊塢席捲世界票房的三幕劇結構不謀而合。

阿祥不跟杜小悅說話，他跟幾步遠的學姊說話，杜小悅如果拉長耳朵認真聽是可以聽到片段的內容，但火車滾鐵軌的聲音頗大，能聽到的還是有限。

所謂三幕劇的「衝突」，就是學姊，杜小悅怎能不因為阿祥和學姊狀似親近的聊天而羨慕忌妒？這一撩，火就更旺了，只是學姊比阿祥大，那時還沒有姊弟戀，杜小悅並不以為意。

杜小悅一直定在座位上，有時候熱烈的看向兩人聊天處，害怕太張狂的注視會引起注意，只好假裝看向窗外，不經意時眼光再回到定點，這時窗外的野菊都不野菊了。

轟一聲，火車進隧道，一片漆黑中，不遠處的交談靜默了下來，杜小悅勇敢的直視阿祥的方位，她不確定阿祥的眼神是否迎向自己，內心感到無比的慌亂。

在惡夢中不停的追逐　在沈睡中驚醒

那黑暗中閃動的星光　像窺探的眼睛

張清芳那首歌的旋律響起，是從某學長帶的收音機流洩出來的。

轟一聲，出隧道，大甲溪遼闊的景致映入眼簾，聊天聲又起，阿祥和學姊一派輕鬆。

杜小悅在等待奇蹟出現，阿祥會突然轉頭走向自己，杜小悅沒有經驗，她不知道這樣的期待萬一真的實現，應該會是胸堵發不出聲音，還是雙腿發軟站不起來。

「各位旅客，豐原站到了，要下車的旅客請準備下車。」

阿祥背起兩肩行囊，作勢要下車，杜小悅意識到這趟奇幻之旅要接近尾聲了，她原本以為阿祥會跟大家一起在同一站下車，然後還會有然後，然後有可能在某一個點阿祥真的正面迎向她，比營火晚會時悄悄的站在身後更進一步……。

車停靠，他一派瀟灑的離去，就這樣晚到早退，不留下一片雲彩……。

杜小悅其實也猜測，阿祥選擇到她這個車廂道別，是別有用心的，一方面是聲東擊西的告訴她他家在豐原，一方面是依依不捨不是嗎？

討厭初戀，討厭愛情。

這兩天，把所有的作業都拋到九霄雲外，人，如果可以像瓊瑤阿姨筆下人物，天地間只有愛情只有你我該多好，但無奈還有數學，還有字學、色彩學、學學學……。回家整理行李，臭衣物、臭襪子、臭身體、臭頭髮，什麼都臭，抖下來的沙剛好夠種一棵仙人掌。

杜小悅把這些都記到有玫瑰花圖樣的日記本裡，這一天，開始血淚斑斑。

期末考結束後，杜小悅幾乎所有科目都低空飛過，只有一科，數學，武大刀夠狠，打了 59.5 分，因為是學期末總平均，無法四捨五入，還是得重修。

「人生短短幾個秋啊！不醉不罷休～」
只嘆這首歌後幾年才出來，不然必定成為杜小悅班的班歌。

離騷：

・人生就是這樣，看你怎麼想了，在正面看來是失落的，在我們的背面卻無意中獲得，因此，就要看你是否要哭要笑，多諒解別人是一件快樂的事，鑽牛角尖是最笨的。記得小時候沒事幹，半夜睡不著覺，就想自己死了有什麼感覺，埋在地下黑黑的好恐怖，想著想著，自己就哭起來了，現在想想真好笑，我自己想想也沒什麼煩惱，真快樂！

・我們來，原為求得愛與關懷，而卻學到了如何如何去愛與關懷，就像武陵漁人誤入了桃花源，這裡雖好，但，我知道，它仍不屬於我。

・生活的壓力及社會的不安造成許多青年人迷失了自己的方向！你知道嗎？為什麼有那麼多人要自殺？當你把自己的愛付出時，且又沒有得到回報；你便會發覺那種苦無人可體會！慾望是無窮的，同學！你今天能坐在這裡，安心接受教育！還有什麼不滿足的呢？

這種 59.5 偏峰命運也只有杜小悅能擔待，這回合又跳船了好幾個同學，轉科的轉科，出國的出國，休學的休學，班上有個哈利，她悄悄的到國外去了，之後杳無音訊，而氓哥，也無聲無息的淡出，只有滷肉她們幾個知道他去了哪裡，原本就少的男丁，更顯寥寥。

小帥勉強撐住，但滿江紅的成績單也不知道能挺進到幾年級。

這一年，沒上課的都有原因，請公假最多，錦雯那幾個辯論社辯到天荒地老，打遍國家無敵手，也被當了好幾科一定得重修，其他請假的多半是婦女病（經痛）、感冒、拉肚子或家裡有事什麼的，專一生還不懂得翹課是什麼滋味。

離騷：

．結束是另一個開始，忘掉不愉快的，留下美好的，願下學期你我更成熟，更開闊。

離騷：

・歸來吧！設二夥伴們，讓我們再創設一時期的高潮吧！

・終於又有地方可以發洩了，好好利用。

・早上要準時到校掃地，不然掃的都是那幾個，喂！不掃地的！你不會臉紅嗎？

・警告：班上桌椅十分曲折，盼能改善。

新學期的第一個衝擊是升旗隊伍少掉兩排，錦雯依然高高聳立在隊首，她從此沒有再昏倒，應是文惠轉到企管科，她若再昏倒沒人可以接住。

這一班是創金氏世界紀錄跳船人數最多的一屆，重考的同學都順利回到女中，轉科的同學也都喜孜孜的掩不住笑，某次在福利社買早餐擦肩而過時，還發出跳出地獄後同情受刑人的假掰電波。

「誰叫你們愛玩不認真！」

說得也是，那些跳船成功的同學幾乎都沒什麼在玩社團，回家都有按時複習功課，因為轉科有學業成績高標的要求，不是隨便都能轉。去了一大塊人才補進一個人，是從國貿科轉來的婷婷。

二年級課表基本上沒什麼大變動，設計繪畫還是繼續，迴秋換成亞亞，令狐沖還是鐵咖，迴秋上學期末時突然大爆走，說大家都畫得很差，不知如何是好，竟在課堂上掉眼淚，還生平第一次默默地找了一位同學的畫修改了起來，邊畫邊掉淚。

「應該是夫妻吵架了吧！」

杜小悅心裡如此想，其實一下時，迴秋給的題目非常刁鑽，要大家畫精細素描，玻璃跟不鏽鋼，這種東西真的會磨死人，暑假作業還是對開的精細素描，杜小悅一畫就是三天三夜廢寢忘食，衣帶都寬了，哪有畫不好？全班幾乎都搏命在畫她的作業。

離騷：（這時開始有人屬名）

・這樣的日子不知過了多少天，還有多少天，你說你要我怎麼做。曾經抱著滿懷衝勁、信心進入藝設科，以為日子不再是淡然無味，不料，日子比以前更呆版，每天都是相同的調子，難道我的人生不再有高潮嗎？

梵

・解：想找高潮的話，不如談個轟轟烈烈的戀愛。

淳

・有些人真是只有六個字才能形容得最恰當，以為自己是誰，自己的問題都無法解決了（比如人際關係、口才……），還要替別人解決問題（比如感情挫折、課業），要幫別人，還是要自己的問題先解決，否則別人是不會信服的，居然還擺出一副專家的樣子，真是噁心。啊！我需要塑膠袋……。

呆

・請別在上課時「傳閱」小扎，以免打擾我們這些「專心」上課的同學，好嗎？

玟

二年級的公路局還是一樣擠，路上一起等車的還有國中同校讀高中、高職，以及其他五專的同學，週三開始可以穿便服上學，杜小悅這天幾乎都穿牛仔褲配姊姊給她的刷毛土黃色外套，二年級有一門課從憲法變成民法，教師阿土說要帶六法全書，精裝厚厚的一本，拿在手上更像大學生，可以把很跩的一中、女中、二中同學拋遠一點。但這厚書很礙手，公路局司機緊急煞車時，會沒有手可以抓緊把手而東倒西歪，頗狼狽。

這年，公路局出現一怪客阿伯，晴雨不忌穿雨鞋戴斗笠，他總是在公車的最深處按鈴後走出來，塑膠雨鞋踩踏在每個人的腳上前行，雨鞋不落地之草上飛，所到之處哀嚎聲四起，也有隱忍吞聲的愛面子女孩，杜小悅也被踩踏過幾次，痛得眼角泛淚光。

阿土的氣質有符合鬧鬧的品味，算是安慰了她失戀的惆悵，民法的精髓不外乎芒果自落鄰家該歸誰或善意不善意第三人到底有沒有罪這些知識，反正這一條呼應而後那一條推翻。

「霧煞煞！」

唸了一大堆又不知道怎麼用的學問，阿土自己都說不清楚，這一科是考試的時候唯一能帶書進去考的科目，就是那閃亮亮厚實無比的六法全書。說是能讓人查考條文作答，但誰也不知道怎麼作答，把民法課本的內容作弊抄在六法全書裡也沒用，還好阿土不像武大刀那麼機車，基本上考卷有看出誠意答題的樣子就會給過關。

亞亞比迴秋更省事，她話更少，大部分交代給班代或學藝上課要準備什麼就讓全班自己畫，先畫石膏像，畫室裡擺了兩尊石膏像，維納斯頭像和阿古力巴，第一堂課就先畫維納斯，第一次挑戰畫石膏人像，多半都畫得人不像人鬼不像鬼，連錦雯這些美術班的都沒有展現實力。似乎是受到新學期少太多同學的打擊，一股虛無的氛圍正蔓延著。

老師間花樣最多的就是令狐沖，他出招了，要大家分組上台北，杜小悅這輩子到此都還沒去過台北，應該有些同學也是，大抵是用學號分組，杜小悅這組是鬧鬧當組長。

鬧鬧這學期開始親民，不知何時先跟小帥和解了。考試時她的座號跟小帥很近，所以都坐他前面考，小帥是體保生又不愛讀書，要乖乖看書簡直要他的命，氓哥淡出後沒人陪他刻鋼板，他索性交白卷，鬧鬧突然伸手把自己寫好的考卷和他的調換，在小帥的考卷上又答一次題，咚咚這回百密一疏沒察覺，他們兩個就是這樣和解的。可惜學校沒有自行車跑道，如果有，小帥應該可以因此風靡全校，他和鬧鬧一樣悶不得志，算同是天涯淪落人。

各組自己安排北上的方式和路線，回來必須交報告，杜小悅這組決定搭夜車到台北，比較有位置坐，鬧鬧說這樣可以一路睡到台北，時間都不浪費很划算。

鬧鬧懂的事情真的很多，有蠻多都是旁門左道，她指揮大家先不用買票，月黑風高的夜晚，整個火車站的人都在打盹，一行幾人就等夜車進站後假裝來不及買票衝進月台，匆匆上車。

哈！鬧鬧打的如意算盤真的不如意了，夜晚的車廂都坐滿了人，想一路睡到台北的美夢破碎，快到桃園站時，列車長終於出現。

「各位旅客！現在開始剪票！」

列車長手舉高高，宣示完後就開始動作，每剪完一張就道謝，許多睡死的乘客他都輕輕的拍醒。

「中壢到台北！」

鬧鬧說話了。

「什麼？」杜小悅內心一堆問號。

鬧鬧向大家使了眼色，要大家口徑一致，其實最前面那個傢伙明明比杜小悅他們早上車，卻也大言不慚說是從中壢站上車，也太巧，所有的站票都是中壢的。

這時候的列車長還蠻好說話的，所以逃票的現象很猖獗，後來就很重視這個問題，有的列車長會出考題，例如：「你是怎麼過月台搭車的？」、「你在第幾月台上車？」

會這樣問必定是和常態不同，一般的月台到月台之間是過地下道，豐原車站則是過天橋，如果答過地下道就會被抓包，罰加倍。

在鬧鬧的帶領之下，杜小悅這一隊順利逃票過關，車進台北站，下半夜的台北不像家鄉城市的靜，杜小悅第一腳踏出台北車站就想縮回去。

「空氣實在太糟了，身體都黏黏的。」

這夜，離白天還有點遠，只好翻過天橋到對面的二十四小時麥當勞過度一下，因為衣服穿得太單薄，一行人冷得直打哆嗦。

終於白日到來，一夥人四處亂逛，在新公園和阿茂、花仔他們那組人交會，同樣眼神空洞。

回程一樣是搭夜車，在新竹站時列車長就查票了，回到家鄉還是半夜，照鬧鬧的規劃是到她家打地鋪，鬧鬧家住在市區河流旁的類高級住宅區裡，她是威嚴家姊，下有二個妹妹一個小弟，有個致命的弱點是二個妹妹長得跟她一點都不像，都是美人胚子，鬧鬧就更在學業上精進，以此取得平衡，她常常找兩個妹妹的麻煩，卻對弟弟疼愛有加，愛之深責之切的希望弟弟能成器，以後可以給她依靠，興許是對自己的長相太不自信，未雨綢繆。鬧鬧很好強，曾經減肥減到營養不良輕飄飄昏倒在路上，青春期的女孩本來就不適合減肥。鬧鬧的媽媽很能幹，長得不錯，看起來鬧妹比較像媽媽，她快手快腳的張羅大家睡覺，杜小悅、莉如、麗蓉都被鬧鬧對她媽媽講話的態度驚嚇到，極其冷酷，就像冬夜裡冰涼的鐵軌，也像溪流裡被雨終夜浸濕的石頭。

「難道是因為沒有把美的基因傳給她而生氣嗎？」

這時候的杜小悅已經慢慢的剝開鬧鬧為何如此與眾不同的洋蔥皮了，杜小悅看鬧鬧的媽媽一直討好鬧鬧，希望能為她掏心掏肺，為她張羅為她費盡心血，實在無法理解鬧鬧為何如此對待自己的母親，雖然當初她媽媽也夠強勢不讓她唸女中。

在術科一直落後的情況下，不服輸的鬧鬧硬是咬牙猛追，她應該此生以來沒有這麼狼狽過吧！即使專二的國文老師非常非常欣賞她，屢屢在課堂表揚她是資優生，她寫的作文程度比同學高出幾樓高，其他同學難以望其項背。

攝影社指導老師阿宗這學期幫這班上造型二，就是承接山水的平面造型課進階到立體造型課，說藝設科的老師都是通才沒說錯吧，不過他是南大工設系畢業的，立體造型課由他教是真的合理，他要大家買一堆黏土，捏來捏去看能不能捏出一朵花，類似立體雕塑或將來高年級時分組包裝課的前身。

這天，鬧鬧整個人心神不寧，眼前的黏土動都沒動。

鬧鬧把杜小悅帶出教室，在學明樓外。

「我擔心我爸！」

杜小悅自小父親就過世了，她的煩惱和雙親健在的同學不太一樣，有時候見有些同學臉色凝重似有心事，大部分應該跟父母感情、健康或家計有關。

「他生病了嗎？」杜小悅問。

「我媽外遇被我爸知道了！」

鬧鬧的聲音發抖而且有哭腔，杜小悅從未見她如此脆弱，因為太震驚，杜小悅擠不出一句話，那一刻開始，杜小悅才知道鬧鬧的早熟和彆扭的個性是如何來的。

「我一直最害怕的就是這個！」

「已經很多年了，是我弟先發現的，他看到抽屜裡有我媽跟其他男人的合照，我去質問她，她沒有承認，於是我將照片毀屍滅跡，警告弟妹不准亂講話。」

「後來，我一路跟蹤她，跟到那個男人住的地方……。」

鬧鬧說她跟母親攤牌後，母親並沒有斷掉外遇，直到被她爸發現。杜小悅這才把鬧鬧的洋蔥全部剝開，鬧鬧在母親背叛家庭與隱埋父親的愧疚中，獨自承受了巨大的壓力和傷痛，所以才對她媽媽這麼冷酷。

鬧鬧像牛筋草和無敵鐵金剛一樣的剛強，或許她暗地裡不知流了多少淚，但在述說這一切時，一滴淚也沒掉下，她想在杜小悅面前維持最後一點尊嚴。

杜小悅無法體會這一種痛，她能做的只有陪伴，靜靜的陪伴。

難怪鬧鬧總是和同學們格格不入，那麼機車。

鬧鬧是很早熟市儈的人，她根本不信杜小悅會幫她保守秘密，她事後一定後悔到想撞牆，一但說出秘密就不再是秘密的道理她早有準備，於是，她也跟其他同學說心事，避免以訛傳訛傷口上再添一刀。

但杜小悅真的沒說，她根本還搞不清楚東西南北，鬧鬧的遭遇對她來說就像天邊一樣的遙遠，甚至連鬧鬧有多痛她都無法體會，直白的說杜小悅還很幼稚，可能這就是老大和老么的差別，麗蓉這樣的大姊頭就能理解鬧鬧的痛，她是年尾生的，比班上同學大一些，在家排行老大，來自較遙遠的林內鄉間，她說她爸可以徒手抓住瘋子般亂飛的蟑螂後折成兩半再棄屍。

柿子、文慧這種都市鄉巴佬聽了都在嘔吐。

「有什麼！再去洗手就好了！」麗蓉說。

後來沒多久，經濟起飛後的台灣，許多賺錢的家庭在客廳擺起大魚缸養起紅龍，紅龍愛吃蟑螂，大部分都進了紅龍的肚子。

學校外縣市的學生幾乎都申請住宿，麗蓉那一間宿舍有人中途休學退租，她們瞞著舍監收留了鬧鬧。

鬧鬧再也無法見自己的母親，她搬離家，直到父母的婚姻做了了結。

原來她對弟弟要求嚴格，就是害怕這一天到來，她一直在準備接替母親的位置。

早熟的孩子太讓人心疼了。

班上另一個早熟的孩子是獅子，不過這是後話。

中南部在地草根文化重戲就是流水席，每年作醮、娶新娘、入新厝都會在住家附近找一塊空地辦桌，這一年開始輪流各家吃流水席的行程，先是情情家，台上演出脫衣舞三姊妹，武仔幾個男生額爆青筋差點噴鼻血。有一回上課圖學畫到一半，杜小悅轉頭跟光仔借鴨嘴筆，他一派老陳的跟杜小悅說：

「下個月農曆十五，妳來我家！」

「蛤？為什麼？」

「我家辦桌，我姊想看看妳。」

光仔很狡猾，明明就邀了一堆女同學，故作把妹狀，杜小悅以為他要追她，默默的放下鴨嘴筆轉身。

後來聽許多女同學說，光仔的姊姊很親和。

杜小悅和樂隊的團員漸漸熟稔後，也去了樂隊團員家的流水席，黑管阿發家在彰化，那作醮的流水席才叫人無言以對，菜色主角一定要有大雞腿、大肥蝦，幾道菜下來眾人都捧著肚子吃不消，室內指揮頑皮豹學姊提議去走走再回來續攤，這招還真奏效，回來後還能吃得下。

接著是獅子家要入新厝，全班去了滿滿兩桌，新厝是高級透天別墅，每日放學一起走回西城的路上聊天，獅子曾說她爸有個團隊夥伴在山裡採寶石，大概是因此致富。獅子的媽媽長得很漂亮，難怪獅子也是美人胚子，她家找了國樂鑼鼓點花旦唱腔表演，吃的是文雅飯，菜色挺憋的，不像其他場可以大口吃魚啃肉。

武大刀專一砍了很多人，專二繼續砍，那些擊不垮你的終將使你更強大，能留下的都是臭水溝的吳郭魚，沒在怕。專二外務更多，社團活動更密集，這時還沒人敢翹課，頂多請公假或照規矩請病假、事假之類的，歐班導是開通的人，也是摸魚打混的人，幾乎沒有出現過，假單都是班代或副班代收一疊放到他的桌子上，再去拿時都蓋好簽好一點都不囉嗦。這一年全班流行出水痘，杜小悅也中標，全身密密麻麻長好長滿痘子，怕走在路上被阿祥撞見，遮的最密實的就是頭跟臉，只剩兩隻眼睛可以看路，這波疫情來得猛，文慧接著長，她還是和柿子坐一起，怕死的柿子連跟文慧借橡皮擦都要用面紙層層包裹後才肯拿。

青春期就是體質在轉交替的時節，冷熱驟換的天氣總讓杜小悅大量流鼻血，一包衛生紙都差點不夠用，保健室也是生意最好的時候。

軍訓課上到要打靶的時節了，學校租了公車排排站等在校門口，規定要穿制服全副武裝，但總是有人會穿錯，到了現場兵荒馬亂。

成功嶺在大肚山那一頭。

教官耳提面命要大家把槍托抵緊臂窩，射擊對面土丘上的紙，杜小悅第一張射了五個洞，第二張麵包（沒有洞）。

站起身時，看到不遠處的企管科女生鮮血淋漓，不是被杜小悅那消失的子彈打中，是她沒有把槍托抵緊臂窩，射擊出去時槍托打中鼻樑的眼鏡，眼鏡破掉的玻璃刺進臉頰的肉，他們科的教官緊張到額上斗大的汗珠滴落在黃土地上。

回程，杜小悅班的教官像緊繃的氣球洩掉了氣，用大聲公講完例行廢話，竟然——

「各位同學，我們來唱歌！」

教官要大家用大聲公唱歌？全班穿著軍訓服唱流行歌？

他自己先唱了一首〈藍天白雲〉。

小帥把大聲公拿到手後，唱起張國榮的〈拒絕再玩〉，邊唱邊跳學張國榮的唱腔，維妙維肖。

氣氛正 High，大聲公壞了，有夠掃興。

傻青春的日子，總是不知道接踵而至的是什麼鳥……。

樂隊吹的曲子越來越有水準，好像是為了參加大專盃比賽和每年一次的演奏會，頑皮豹發下來的〈英國民謠組曲〉和〈酒神〉的譜像天書一樣密密麻麻的音符，小時候有練過鋼琴的隊友可以很快就上手，每個樂部都有幾個有底子的高手，小號這邊就是那位第一個吹出聲音的會統科；法國號也有一支國貿科；黑管、長笛那邊也都有，頑皮豹要她們 solo（獨奏）時，已經可以吹出完整的樂句，杜小悅還在慢慢的識譜讀譜挺丟臉，經過如此的刺激，不服輸的氣魄油然而生，只要有空就會去團練室練，從此有大把的時間都混在樂隊，那時候有一個指揮家帶領的樂團很有名，叫「波爾瑪麗亞」，碗粿跟杜小悅曾在唱片行晚上關門後，偷走貼在走廊的波爾瑪麗亞海報，很卑鄙。樂隊跟交響樂團不一樣的地方是沒有紘樂，但有薩克斯風跟爵士鼓，跨在古典跟流行之間。杜小悅從未想過本來只是來掙錢的，卻能發現一片新的原野。

樂隊還是中午時間固定團練，杜小悅一次參加三個社團，聚會時間衝撞是一定的，因為樂隊是有給性社團，一次不到會記點，多次不到扣薪餉，所以杜小悅幾乎都把時間給了樂隊。攝影社上次大露營後就又沉寂了一大段時間，感覺阿祥這個社長要接不接，不是很積極，杜小悅又好久沒見到阿祥了。

這天，樹下分組練習，會統科吹起小號還是非常勇猛，其他幾隻也都有跟上，杜小悅餘光瞥到阿祥，他在學明樓的入口處，身邊圍著一些人，好像在解說攝影技巧，中間有一位長得像藥師丸博子的銀保科四年級學姊擺著模特兒的姿勢，那學姊極其嬌小，大約一百四十五公分高，以攝影的柔焦逆光拍她，是雋永的定格。杜小悅曾在攝影社學到把絲襪套在鏡頭上當柔焦的克難理論，實際試時根本沒成功過。

經歷過阿祥冷酷無情的車廂告別後，杜小悅這時候看到阿祥已經不是像營火晚會時那麼心跳砰砰，反而是變態的壓抑自己的喜悅，假裝不在乎，她練小號的地方和阿祥的距離並不遠，阿祥也應該早就看到她，要說不在乎，阿祥也給杜小悅這種感覺，那種酸楚又甜的感覺將杜小悅逼成了心理變態，不知所措。

杜小悅已經無心再練樂曲，不時偷瞄阿祥那邊的動靜，觀察下來，藥師丸博子學姊身上沒有警報，是阿祥身邊那隻黑管的警報聲吱吱響，杜小悅覺得有鬼的是她，為什麼攝影社的活動會選在樂隊練習的地方？有可能是因為會統科這隻黑管要求的，也或許她和阿祥已經在交往，阿祥體貼她所以這麼做，在營火晚會時，杜小悅沒有注意到這隻黑管在不在，因為那時候還沒有醋意，在營火晚會之前，杜小悅很綿密的把阿祥放在心裡最底層的黑盒子鎖得牢牢的，全然不知那時阿祥多次報以熾熱的眼神回應，而後站到她身後許久許久。

在杜小悅開始迴避阿祥眼神之後，阿祥也不再回應，十七歲的女孩是很那個的，誰有能力在這個年紀跟非常喜歡的人戀愛？應該是奇葩吧！雖然大馬路對面的唱片行一直唱著百萬張銷量的情歌攻擊少男少女的心，無能為力還是無能為力。

杜小悅為什麼會吃黑管的醋？因為她跟阿祥靠得好近，如此自然、如此理所當然，當時的社團社長會有幾招用來把妞，就是說服喜歡的女孩當副社長，黑管長得算漂亮，看起來阿祥是有意找她當副手，想來個近水樓台，杜小悅認為這醋吃得太合理了。

如果阿祥是情場浪子，上次火車車廂的學姊沒有擊中杜小悅的心、打翻醋罈，這隻黑管他辦到了。

跟許多詩人和小說家筆下的傻子一樣，十七歲的女孩非常擅長庸人自擾，杜小悅玫瑰花圖案的日記本開始寫滿了對阿祥的恨，未經求證胡亂撒潑的指控，黑管成了她的無敵假想敵，黑管日復一日的在杜小悅的眼角餘光中團練吹奏，卻渾然不覺。

外語科在杜小悅班升專二後搬到隔壁棟學英樓，大概學校認為豬哥太多擾民，不是堵藝設女生上樓，就是向下樓層騷擾其他科的女生，乾脆獨棟給他們自生自滅。

如此，更離阿祥皇帝遠了。

學校社團校外比賽的時間越來越近，合唱團也來催人了，杜小悅因為都在樂隊有種背叛合唱團的意味，合唱團有個同聲部的團員來找杜小悅，也只好勉為其難分身一下，去那邊練了幾次。指揮姊姊已經開始在找接班人了，她問杜小悅要不要接指揮。

「什麼？我又沒學過鋼琴，我又不會樂理！」

愛吃假小意（台語：假惺惺，根本就是很想要），杜小悅雖然很想要這個位置，但她的憂慮是真，指揮需要有基本的識譜和樂理基礎，勤能補拙是否能成立她一點把握也沒有，年輕的心，才知道許多事情輸在起跑線就是輸，學姊會找到她也是有原因的，新生盃合唱比賽，杜小悅是班上的指揮，雖沒得名，但學姊看到她了。

這杜小悅，膽怯如鼠，愛情和理想到來都拒之門外。

學姊後來找了大杜小悅一屆的其他學姊接班，看起來也不是很有企圖心，到後來也不見人影。

樂隊團練到瘋狂時刻，指揮如切菜的指導老師是交響樂團吹土巴（倍低音號）的團員。

「啦啦哩啦啦切切切切切……。」

他拿著指揮棒在空中切菜時，口中還會邊哼樂句，所有的女生頭上都是三條線加烏鴉飛過，所幸一下二上間的暑假天使降臨，交響樂團聘了一位大師亨利梅哲為顧問，他帶了幾個聲部首席來指導杜小悅的樂隊，就像被九陽真經注入千年功力，女子樂隊脫胎換骨，已非昔日阿蒙。

功課都被杜小悅拋在腦後，上專二後，杜小悅和獅子放學的時間越來越不一致，獅子不知道在忙什麼，有時候久久不見人影，樂隊也是有一搭沒一搭的練。

杜小悅晚上回家的時間越來越晚，太晚不宜走暗路去西城搭車，改搭２００號公車到議會再轉公路局回家，上了二年級就開始變老鳥，週會時勉為其難穿一下校服，其他時間都穿體育褲或牛仔褲上學，人生從此不必再老是Ａ字裙，世界上沒有一個女性會喜歡每天穿那種變態裙，屁股曲線畢露為其一，吃飽飯肚子和腰際會緊到要爆炸。

這陣子，杜小悅夜歸的頻率很高，打電話回家，剛開始老媽還口氣溫和，後來就讓大哥接電話，大哥剛開始也口氣溫和，但顯然越來越不悅，直到某天杜小悅在電話裡說：

「哥！我今天不回家睡，睡學姊家喔！」

扣！大哥二話不說掛了電話，即使杜小悅的語氣再撒嬌也徒然。

過幾天，暗夜裡杜小悅走在回家的路上，身旁一輛汽車近逼，下來的是大哥。

「咦～我記得妳讀的是日間部，為什麼搞得像讀夜間部？」

大哥一向很有威嚴，杜小悅心裡很是害怕他發火會揍人，雖然他沒有揍過杜小悅。

杜小悅是十七歲的女孩，是很那個的、很叛逆的。

前任樂隊隊長叫秦南，來自台南善化，說台語時，尾音都會加個「膩」，吃粥的話會講成「吃埋」，樂隊教官老扯著嗓子對全校廣播：

「樂隊隊長秦南、樂隊隊長秦南趕快到訓導處報到。」

樂隊很民主，隊長是全隊投票選出來的，室內指揮跟室外指揮則是由上任指揮自行選接班人，有一位前朝大老室內指揮紅紅，已經卸任給頑皮豹還是不肯放手，很喜歡掌控樂隊的人事，溫溫的頑皮豹看起來是被控制得死死的，像個傀儡。

那時候台北愛樂交響樂團有個女暴君形象的指揮，紅紅看似自詡為那號人物，自戀無比。她喜惡分明，順者昌，逆者亡，她很喜歡同住在平里的獅子，暗暗的要拱她接班室外指揮。

秦南把隊長職權交接給碗粿之後，就和君佩一起功成身退，只有紅紅還攬著大權不放，在她指揮的任內，樂隊比賽也才得甲等。

秦南很帥氣，她是吹小號的學姊，君佩也是小號，紅紅和頑皮豹都是黑管，碗粿是薩克斯風，都是女生的團體，總是避免不了一些小裡小氣的事，秦南的中性打扮與氣質稍稍平衡了陰柔的氣氛，黑管阿發有一陣子也把頭髮剃得很短，和秦南走得很近，也常鬧彆扭。

杜小悅和碗粿的海派個性合得來，常常團練後一起去補習街吃魷魚羹加搞笑，她接隊長後，教官的廣播就從秦南變成碗粿，杜小悅都幫她們覺得煩，不管是在廁所大便還是正在睡覺都會被廣播打擾的日子應該很不自在。

樂隊參加校外競賽前，真的是練得死去活來，之前學校的合唱團跟樂隊得的都是甲等，沒有人攻過優等，自選曲和指定曲都要練，還分室內和室外，都各有指定曲和自選曲，室內就是像一般的音樂廳正式演奏一樣，室外就像行軍邊排隊形邊吹奏。

樂隊本來的服裝是很復古的旗袍式上衣和白色百褶短裙，還要穿白絲褲襪和長筒白馬靴，又是一個生理期的剋星。

瘦子穿這套服裝還算好看，但如果豐滿有餘的碗粿和吹土巴的大份量學姊穿就苦不堪言了，胸部和腳肚彷彿快要蹦開，要吹足氣也會有顧慮，萬一真在競賽場上開膛破肚那還得了。

直到某日，碗粿手上揚了一塊紅布走進團練室，藝術設計科的杜小悅靈機一動建議何不把它改成背心，頭上再加個有造型的藝術家帽，碗粿覺得很可行，就去東門市場找了裁縫照她的尺寸做了一套，背心裡面搭長袖白襯衫，整套穿起來輕巧可愛，在全隊團練時獲得鼓掌一致通過，碗粿不知去哪裡弄到經費幫所有人都做了一套，穿上場比賽。

除了一身的衣裝，臉上也得上妝，高年級的學姊還會去吹頭髮造型，那段時間流行的都是劉海一把刀、半屏山，所幸頑皮豹的刀山沒有吹得半天高，還算好看。這個芳華的女孩本就是美，稍稍打扮就能吸人目光。

室內自選曲是練到快爛掉的〈酒神〉，剛開始由小號聲部solo，兩隻小號首席拿的King（金色小號）一奏出去，全團即吃定心丸，裁判葉樹涵在列，從臉上表情尚不知欣賞與否。

室外競賽自選曲吹了一首輕巧的〈康康舞〉，長號芊芊接了君佩的位置為室外指揮，載吹載舞之間風吹翻了女孩們的白色百褶裙。

遠處看著的高中男孩們都流了滿地口水。

成績揭曉，大專盃樂隊競賽，杜小悅學校：優等。

復興大學也才得了甲等，杜小悅的學校一炮而紅，看樣子裙子飛起來贏了不少分。賽後發布成績講評的葉樹涵先生是演奏小號的翹楚，也是因為他，讓杜小悅真心喜歡上音樂，被他引進音樂世界的大門，從此老跑復興堂聽音樂會，大部分都是國家交響樂團的演奏會，切菜的樂隊指導老師偶爾在上面吹土巴放砲。

隔壁一中的男子樂隊老是癩蝦蟆想吃天鵝肉，尤其盯著室外指揮芊芊，眼珠子都要掉下來了，暑訓和寒訓時曾來糾纏過說要一起團練，秦南沒有答應他們，這次兩校都得了優等，又來交涉說要一起慶功，碗粿答應了，樂得很。

慶功的地方是在市區的一家牛排館，醉翁之意不在酒，全部的豬哥都在看芊芊，害她想找地洞鑽進去。

雙十節到了，樂隊開始練遊行用的歌，全市的學校都要參與遊行，是為盛況，所以不准穿輕便的背心裝，要穿傳統那一套緊繃鳳仙裝，該來的還是逃不過，杜小悅第一次穿，其實挺好看的，走在路上遇到直屬學長，他眼睛都發亮發直了，已經大五準備畢業的學長，這才發現小學妹已女大十七變。

「學長好！我要去集合了喔！」

杜小悅跑遠了，學長還目送著，這要追，恐怕也……沒機會了……。

是的，杜小悅剛入學時耳上一公分、膝下三公分，臉色黯淡、眼神飄忽不聚焦，根本就一鄉下村姑，時光一掏洗，誰管醜不拉機的規定，教官根本不像剛入學時那麼嚴，和藹可親的呢！

杜小悅跟學姊們和在一起，多多少少學會打扮，加上青春期的長像本來就變化萬千，她是有點長開了，越長大越明顯。

雙十遊行樂隊是重頭戲，一路要邊走邊吹其實會累，學姊們都安排好分組輪流吹，杜小悅的小號是隊伍的倒數第二排，後面是打擊聲部，所以很好摸魚，厚臉皮有一搭沒一搭的吹，不像獅子她們長號在最前頭，首當其衝，馬虎不得，吹到嘴唇都腫了。

「阿祥！」

杜小悅心裡吶喊著。

阿祥在樂隊中央拍照，他拿著全套配備帥氣的站在安全島上拍樂隊。

他每次這樣無預警的出現，都讓杜小悅又生氣又高興。

高興的是想看阿祥，她常常想念他，每天的日記裡都記著他，為什麼她後來沒有再去攝影社，因為阿祥都不在，她抱著滿滿的期待要見到他，總是落空，那種失落真的不好受，而他總是在她沒有預期的時候出現，所以喜悅中帶著生氣，阿祥有時候靠近、有時候蠻不在乎的凌遲，正在把杜小悅往瘋處逼去。

聽說，這就是天蠍和雙魚如變態殺人魔般的戀愛。

杜小悅下意識又把黑管跟阿祥連結起來。

「他們兩個該不會真的在交往吧！」

杜小悅的內心編著故事，她想阿祥是和黑管相約，特地來拍黑管遊行。縱使這一回阿祥的眼神一直往杜小悅的方向看過來，杜小悅還是眼眶濕潤的作著少年維特般的傻夢。

雙魚座女孩適合談蚯蚓雌雄同體的戀愛，自己知道自己心裡在想什麼，自己可以安排自己喜歡的路線，因為她們容易和世界脫離。

杜小悅負氣一眼都不回應阿祥的眼神，她故意無視他，和以前完全不一樣，冷酷極了。

隊伍行進過高中豬哥陣，引起偌大的歡呼聲，阿祥跟隨了樂隊隊伍一段時間，就不再跟了。

「人家他是攝影社受學校的委託，來拍紀錄照片，妳也能這樣掰故事，實在是太欠揍了。」

如果天上有天使丘比特在飛翔的話，應該會想把射出去的箭拔回來吧！

杜小悅回家後，把寫過阿祥的日記頁都撕了，全丟進灶裡燒了。她忌妒得要死，她真的以為阿祥是來拍黑管的，他們真的在交往。

學校裡的愛情早就蠢蠢欲動，也有幾對白熱化了，高杜小悅班一年級的藝設才子學長睿睿，是迴秋的愛徒，他的素描真的很強，在迴秋的操作之下，每學期都來班上耀武揚威一番，許多女同學都暗暗的喜歡他，在眾多選擇之間，他獨愛貴知。

貴知長相不若滷肉、章章美麗，但身形柔軟，風情萬種，說起話來綿綿密密，男人看一眼就會融化，她同時有許多愛慕者，在睿睿的猛烈攻勢下降伏。

睿睿每節下課都來找貴知，什麼瓊瑤式的愛情姿勢都擺過，壁咚、靠背、躺腿，閃瞎人不償命。

麗蓉也跟專四的學長明朗化，這些都是驚天動地的初戀，不是開玩笑的。

錦雯跟阿峰的戀情一直卡在第三者之間，友達以上、戀人未滿，非常煎熬；滷肉、章章、情情都還在困擾追求者太多，不知道該選哪一個好，選了這個傷了那個。

倒是有幾個踮踮吃三碗公半（鴨子划水）的女孩已經偷偷的在交往了，多半是跟校外的。

住宿的那幾個，錦雯、滷肉、阿蓉、章章、貴知、芬親是班上最活躍於男女之事的，偷偷辦了好幾次校外聯誼，有些人的男友就是這樣找到的，有附近大學、專科工科的，一中的也有，寄居蟹這種在班上宛如隱形人，一年到頭沒聽她說幾句話的，就是跟青梅竹馬的國中同學在一起，班上無人知曉。

男同學的部分，小帥大概已經把全校的校花都翻過一遍，追到一個，但還是惦記著班上幾朵花，花仔有學妹向他表白但沒接受，班上想湊合他和文慧，男的沒否認，女的頻搖頭，文慧可也是班上數一數二的美人胚子，摩羯座長姐風範的她，認為花仔像媽寶，不是她的菜。

這時候的男女，不談戀愛作什麼？

杜小悅大半時光還是和樂隊的人鬼混，因為她不會戀愛，很笨、不開竅。她進樂隊這段時間也幾乎沒看到隊友有人有戀愛的跡象。

那天，她和小號隊友每每相約聽演奏會，起了賊心。

「電影院可以帶吃的進去，邊吃邊看電影，音樂廳為何不可以？」

於是，杜小悅慫恿每每在路上鹹酥雞攤買了幾樣帶進音樂廳，沒想到真的有難度。拉赫曼尼諾夫的鋼琴協奏曲樂音一直處於低調的奢華，場中掉一根針或許都還能聽見，遑論要嚼鹹酥雞，杜小悅自作自受，每每竟然配合，每每非常崇拜杜小悅，沒來由的，大概是磁場的關係吧！

兩人好不容易等到較高亢激昂的大合奏，快速的嚼了鹹酥雞幾口吞下肚，引來鄰座嫌惡的側目。

中場休息時間，杜小悅提議遷往二樓座位，果然空很多，可以大嚼特嚼了。

一入座，側前方向咖啡座突出的貴賓席裡有兩個人影晃動，狀似親密。

「吼～抓到了！」

「是頑皮豹，對！是她！」

杜小悅和每每七嘴八舌的吵鬧。

「噓～」杜小悅示意每每不要打草驚蛇，音樂又開始了，兩個八卦女邊嚼鹹酥雞邊看學姊約會度過一個美好的夜晚。

「那個男的好像是復興大學的指揮！」每每說。
隔天團練空檔兩人繼續交換心得。
「妳怎麼知道？」
「上次學姊們辦兩校交流演奏，我記得指揮就是他。」
「矮額～指揮跟指揮談戀愛……。」
瞧兩個鄉巴佬大驚小怪，都還有隊長跟隊長談戀愛的，但隊長碗粿這一對就比較沒那麼浪漫了，說來還挺驚悚的。
暑訓期間，團員一律要住校，有個男的在宿舍門口說要找碗粿，值班的人打內線問，碗粿請值班人跟對方說她不在。
那人不信，就闖進宿舍上樂隊住的五樓，值班人趕緊通報碗粿，她火速躲到樓邊角的寢室裡，那人跑上樓已滿身大汗，不知道是因為急的還是因為激情難耐。
幾個學姊在宿舍走廊應付他，希望他趕快離開，杜小悅觀察了那人，長相其實還算好看，為什麼會搞成這樣？碗粿嫌棄他什麼？
「我只要看她一眼就好！」他一直反覆說。

每每說他是復興大學樂隊隊長。

每每是雙子座有眼觀四面、耳聽八方的天份，如海綿吸收了所有的八卦，杜小悅有她為友，省去繞彎路讓八卦劇情能毫無錯漏順利繼續往下走的好處。

碗粿是那種很豪爽但不漂亮的女生，很機智很風趣，和她在一起會歡樂無限，這傢伙應該是喜歡碗粿這一型的，從小只會念書的書呆子最逃不過碗粿這種人的手掌心，他必定視碗粿為茫茫人海中難尋的一顆星，於是陷得很深。

照兩校合奏音樂會的時間推斷，應該沒有交往太久，也或許根本不是交往，只是約會了幾次。

這種打死不退的事可大可小，運氣不好可會鬧出人命。教官來了，那男的看有大人出面，話也沒吭一聲就下樓了。

這種死皮賴臉的事，興許也是想趁機闖一下女生宿舍享受眾女包圍的快感，惺惺作態的成分也不是沒有。

教官把碗粿揪出來問話，她哼哼哈哈不說實話，後來一起去和平路吃謝謝魷魚羹時，她跟杜小悅說那人真不是她的菜，黏死人了。

碗粿這種射手女，在她手上曖昧的男性不知十根手指夠不夠數，到處留情撩人，最怕遇到死心眼的處男，大概是怕那種不准她看別的男人一眼，行蹤要隨時交代之類的纏功。

杜小悅想找獅子一起放學走路去西城搭車的機會越發不可能了，因為獅子團練常缺席，甚至還不到放學座位就空了，她提早從後面的門先溜了，就是和最後一堂課的老師玩一二三木頭人，老師低頭念課文或轉頭寫板書時就是她溜人的好時機。難怪學期初重新編座位時，她霸著後門旁的位置不放，光仔不敢跟美人一般見識，軟軟的就讓了。

紅紅還是很偏愛獅子，執意讓她先練室外指揮，但偷偷的，很少人知道。

獅子的行蹤越發神龍見首不見尾，漸漸的從杜小悅的閨密名單中消失了。

令狐沖的課一直是專攻人體描繪，專一畫膩了眼睛鼻子口，專二開始畫全身，這回還是依學號順序輪流當Model，規定要穿無袖、短褲，才能畫到手腳脖子肌肉的線條，他還是一上課就畫，心血來潮時解說手肘關節、肌肉轉動時線條會如何變化，但要落實到和他功力一樣精湛的速寫畫，還是有好大一哩路沒說清楚，全校新生智商最高的班也一樣遠遠無法領會，專二了，素描功力還是長進有限。

李慕白如果含糊其辭、交代不清，玉嬌龍應也很難領略其功，《臥虎藏龍》也就不可能面市而影史留芳。

令狐冲教的內容在要成為藝術家的過程是很重要的一環，達文西之所以得去墓地挖掘亡者的屍體研究解剖素描，即因人體的構成是上帝所創最完美的存在，學會了這一套，行遍天下都言之有理，他的教學大綱完美無瑕。

一號簡介方重考念女中去了，二號飛飛遞補，從她開始穿無袖短褲站在講台讓大家看著畫，每學期都從前面的號碼往後輪，到二十幾號時就學期末了，隔個學期再重頭輪，所以老是那幾個當 Model，柿子是五號，這輩子除了 A 字窄裙膝下三公分長度以下的腿見人外，以上惜肉如金，這回要穿短褲，她就翹課了。

雖說柿子翹課，但也是乖乖走請假程序，還不是真翹課，畢竟才二年級，離中規中矩的國中生活還不遠。國中時班導每天都見面，芝麻綠豆大的事都得管，專科的班導從沒出現過，神秘得很，剛開始杜小悅還不太習慣，漸漸覺得太上道了，家裡沒大人的日子是青春期最美麗的詩篇之一。

以為這學期令狐沖的花樣大概就到頭了，沒想到高潮壓甕底，開始將一張張影印的男女裸照發下來，班上五朵花血脈賁張頭上冒煙，畢竟是青春期男兒身，都還在猛力發育中。

之前令狐沖有提過要找裸體模特兒給大家畫，消息都還沒傳到整班就被幾個帶頭的否決，杜小悅都來不及表態，因為社團太忙，班上事務到底是誰負責溝通實在也搞不清楚，一頭烏鴉鴉，事情就這樣一波波的來，總不會是也忙得不可開交的班長錦雯做的決定，她班代一當就一直蟬聯，沒人有意見，當初雖是昏倒得的班代職，卻當得有聲有色，無心插柳柳成蔭了。錦雯是國中美術班畢業的，不至於迂腐如此，把藝術跟色情混為一談，人體模特兒和畫報騷女郎，誰都知道要畫誰，到底是誰否決了人體模特兒的提議，一直是個謎，令狐沖和班上同學的私下互動，或許有不為人知的黑洞。

沒請成人體模特兒，最憋屈的就屬班上五朵花。

令狐沖很生氣逆生們無知不配合，才發下來影印裸照，來源是PlayBoy雜誌，每週上課前一落一落的發，要大家跟著畫，按時收作業打分數，花仔帶回家的影印裸照被阿嬤發現。

這些照片是拿來素描臨摹的，自然和私下偷偷看的黃色書報畫不上等號，阿嬤這一聲夭壽，才讓花仔驚醒過來，趕緊收好。

「夭壽喔！」

杜小悅的基礎速寫訓練竟從花花公子開始，那些模特兒的姿勢和眼神都和希臘雕像不一般，拗來拗去不符人體工學，也不知道那五朵花心裡是怎麼想的，莫非是塞翁失馬焉知非福？花花公子是主打令狐沖這種熟男市場的，五朵花屁孩應該還是看些《城市獵人》漫畫吧！

這份作業，杜小悅還沒膽在公路局上畫，怕引起暴動。

真的要學期末了。

令狐沖要班上票選最美麗、身材最好的女子一枚，眼看他終於改邪歸正，要好好和大家培養師生關係，全班甚喜。

班上雖有好幾朵真花，卻還沒正式公認誰最美，幾個候選佳麗心中小鹿亂撞，事關己則亂，事不關己則無礙，杜小悅的心跳非常平和，因為這局她鈎不上，等著看熱鬧便是。

這票選如果揭曉，省不得風聲會傳遍外語科乃至全校，肯定不是小事。

各佳麗矜持著不拉票也不聲張，平和的唱票下，滷肉脫穎而出，既然臉蛋和身材都要考慮，滷肉勝出並不違和。獅子雖漂亮，頭身比例不對；章章身材雖穠纖合度，畢竟小滷肉一號，班上年紀最大的長男光仔曾不諱言，全班女生低頭撥頭皮屑，只有滷肉的頭皮屑不會落在腿上，當時民風純樸，鄉鎮村姑占了一半人數，頭上都一堆問號，包括杜小悅。

色色的答案就是：滷肉的波濤洶湧攔去了頭皮屑。

想必五朵花一致投給滷肉。

這歡欣鼓舞的鑼從樓上敲到樓下，敲到科辦再敲到全校，以及校外，滷肉不客氣地咧嘴笑開開，就差沒把皇冠戴在頭上。

班上的黑洞又來傳話了。

「滷肉要穿泳裝讓大家畫，而且是比基尼。」

令狐沖說要把請模特兒的班費給滷肉，另外還徵選一位自願的男性同學裸上衣穿內褲讓大家畫，一樣給班費，阿茂很爽快的答應了。

模特兒不用交期末作業，直接九十分過關。

才高興不過半天，滷肉就跌入地獄，麗蓉和幾個女生圍著她安撫，沙盤推演可能發生的難題。

「如果推辭了模特兒，可能會被當，這科是四學分必修重課，被當會擋修，未來只有重修一途，和自科學弟妹一起上課簡直羞死人，而且如果又是令狐沖教……。」

滷肉哇啦一聲哭出來，好似要被逼良為娼般的委屈。

令狐沖彷彿精神病日益加劇的作風終於引起反彈了，怕走漏風聲一夥人移到學明樓下後面從長計議，那邊人煙罕至，走過去還得撥開蜘蛛網，應萬無一失。

幾個同學帶頭發難開始批判起令狐沖，有人說他是色情狂。

也有人比較務實真正想起辦法來。

「亞亞！找亞亞！」

七嘴八舌間終於有人提出有建設性的建議。

「亞亞有一半打分數的權利，如果令狐沖敢當妳，讓她給妳打一百分，這樣就可以過關了。」

滷肉像抓著了一根救命浮木，淚還噙在眼窩，就奔到科辦找亞亞。

亞亞聽了滷肉如泣如訴的悲歌後，允諾要撐腰，滷肉緊皺的眉頭並未散去，事不到定論誰也無法說得準。

連滷肉這麼自信過頭的人也能栽跟斗，杜小悅真是大開眼界了。

滷肉的體育強項是馬拉松，運動競技場上一起跑的人都一一落下了，她可以活生生比對手超前操場兩圈，每次運動會這一項彷彿是觀賞她的個人秀，她不疾不徐手護著腰，美美的跑完全程冠軍。

學期末的最後一堂課，令狐沖一直等不到滷肉穿比基尼出場，阿茂著內褲撐場，章章的臉本就粉嫩，這天更顯紅暈，全班圍繞著阿茂畫，女生都不敢站他正面，令狐沖一圈逛過去，有人遲遲不敢畫重要的褲襠部位，錦雯又辯論去了，不在，如果她在，肯定不羞怯。

聽說阿茂之前就研究很久，要怎麼把蛋蛋藏得很好，鬧鬧也貢獻了一些知識，是她照顧弟弟得到的心得。

離騷：

・生命究竟有沒有意義，並非我的責任，但是，怎樣安排此生，卻是我的責任。

・很高興的，再次拿到這本冊寫東西，今天下午上繪畫課時聽到了一些，也看到了一些奇怪的思想和怨言，感到很納悶，為什麼同學會有這樣的不平。有人說：老師太不公平了，太主觀了，打分數沒有一個相同標準的如何如何……有人說，有錢一切都好辦，學校和社會一樣黑……，聽了真的很訝異。其實我們在這安安心心念書，和許多人比起來已是十分幸福了，不是嗎？有時捫心自問，老師們待我們真是夠好了，我們會私下批評老師是多麼差，為什麼不反省自己，真的盡到做學生的本分嗎？真正希望設二一天比一天進步、懂事，同學們和老師們處得更好、團結，向心力更強，好嗎？

・本學期一直傳說有本設二小札，但我一直未親眼目睹，今天（1月29日），我終於相信有了這東西存在，，好奇怪耶！它平日都流落何方？大家都好激動喔！或許我們都必須懂得壓抑自己，平靜，是最迷人的！

暑假終於要來了，好不容易轟轟烈烈的一學年又撐過了，阿祥不知身在何方，最後一天上課，誰都心不在焉，馬路對面的玫瑰唱片行唱的是張清芳新出的〈激情過後〉。

是誰狂妄地佔住我的心　不讓我有一絲的空隙
天天相見　卻無時不思念　夜夜相依卻留下　哭泣的妳
是妳再度回到我的身邊　混亂我原有的平靜
不得不說出　我的思緒　結局依舊是分離

在激情過後　我分析我自己　竟是不敢告訴妳　依然愛妳
在激情過後　我空虛不已　分離只是為了讓妳回憶

這年張清芳的聲勢如日中天，同是本家張雨生的〈我的未來不是夢〉也紅透大街小巷，人人口中朗朗上口，不知那未來的夢是什麼。

杜小悅大概只會回答：我想和心愛的人背著畫架走天涯。

是個不知死活、不食人間煙火的笨蛋，她這時候指的心愛的人就只有阿祥。

杜小悅在家裡負責灶前生火燒熱水的工作，望著灶坑裡意興闌珊的火光發呆，想著很多心事，邊想邊把寫著阿祥的日記紙塞進去燒。

學期末，獅子家出事的風聲傳開來了，她家暴起的經濟遭遇了暴落，經營寶石開採的生意有了變數，走頭無路間請鬼抓藥單，去了地下錢莊周轉，債越滾越大，黑社會討債耍狠，說要抓獅子作數，之所以她每天上課要提早出門，下課要提早神隱，就是免得在路上被逮個正著。

聽桂枝說也不知道她什麼時候開始去酒家陪酒的，這麼一朵花，準備接班樂隊室外指揮的一朵花……。

二升三的暑假依然漫長，成績單還沒下來，該幹嘛就幹嘛。參加樂隊的人還是要團練，班上的情情跟汝汝參加的慈幼社爬到高山峻嶺去關懷原住民弱勢族群，鬧鬧找了一群人參加救國團中橫縱走，五朵花聽說和滷肉、飛飛幾個去環島了。暑假很長，可以先玩樂再打工，也可以打工後再玩樂。

樂隊團練完，每每說碗粿要找幾個人去她家玩，杜小悅愛玩先答應再說，反正新接任的室內指揮瑜廣邀的打工行程在後頭，玩夠本再打工也不為難。

碗粿說要騎腳踏車去她家，杜小悅覺得有趣，騎著自家老爺車就上路了，三人是從霧山一起出發的，騎到市中心再轉爬青海好漢坡，彼時杜小悅並未詳問碗粿家在哪兒，問了，恐怕也於事無補，鄉下村姑對台灣地圖其實甚沒概念，就是傻傻跟著人家走的命運。

好漢坡就把杜小悅撂倒了，碗粿體力依然好得很，每每則介於兩者之間，不好不壞，杜小悅需要下來牽車走一段騎一段才能繼續，每每陪著走，碗粿說她先騎到定點再停下來等她們。

終於到好漢坡頂，碗粿等在那兒已有好一陣子。

「來！一起衝下去！」

有上坡當然有下坡，從坡的正面爬得屁滾尿流就是為了從背面滑下去。這坡，不陡但好長，說不陡順著溜下車速也是飛快，碗粿是玩家高手，要讓她怕的事恐怕不多，看不出每每是喜是悲，她就一跟屁蟲，杜小悅走到哪跟到哪便心滿意足了。

「啊～～～」這一路杜小悅尖叫，直叫到坡底，銜接的是浩瀚溪口，溪水兇猛，轉過高速公路岔路直走就是鄉間，路旁景色有舊房矮社、土地公廟、結實金黃稻田，以及有著樹蔭的長長道路，這一路，好像《菊次郎的夏天》，碗粿是北野武帶著屁孩杜小悅，以及虛實難辨的雙面人雙子座每每走在不知名的夏日烈陽大路。

「阿珠家到了！」碗粿說。是吹法國號學姊阿珠，她家是典型鄉間透天厝，得繞過一大片蔗田，想必這裡就是后厝了，杜小悅漸漸有了方位的概念，她是從城市的東邊騎到西邊了，后厝是錦雯的地盤，也是阿祥的。

阿珠很意外，杜小悅一行人也很意外，那個年代沒有手機沒有BB Call，都是靠默契和運氣，撞到了格外興奮。

阿珠是碗粿的國中同學，想必碗粿家不遠矣。阿珠家是鄉間透天厝基本款，一樓入口是大大的挑高客廳，地上是涼颼颼的磨石子，一套大氣的客廳座椅，杜小悅看向蔗田，還有小火車穿梭其中，應是運輸蔗糖用的。

碗粿和阿珠寒暄多半是問她是否回樂隊團練，阿珠是杜小悅唯一到高年級還留在樂隊的藝設科學姊，因為術科太多太忙鮮少出現團練，這也是杜小悅預測自己未來的指標。

因碗粿哪壺不開提哪壺，三人在尷尬氛圍中離開阿珠家，杜小悅心裡也罩了一層薄霧。

「前面是李冰家！」碗粿說。

李冰家不若阿珠家氣派，是個矮平房，她和碗粿、阿珠是國中同學，李冰是吹小號的金手，樂隊得的優等就是她 solo 打前鋒，是國貿科的學姊。

李冰也在家，她是長姊，弟妹滿屋。

這時已近中午。

「留下來吃午飯吧！李冰去殺雞加菜！」

說話的是李冰的爸爸，她比李冰熱情幾百倍。

杜小悅看向後院，果然有群雞在那兒。

「不用了！不用了！我們要趕路。」

三人異口同聲說，慌亂的告別。

李冰的表情顯然鬆了一口氣。

碗粿家終於到了，其實從李冰家到她家，還騎了一大段路。

「這是我讀的國小，稀奇國小。稀奇稀奇真稀奇，就是我們的校歌……。」

杜小悅跟每每已經又累又餓，沒有心思聽碗粿畫唬爛，碗粿還神采奕奕的真是夠了，莫非身上真裝了金頂電池？

碗粿家和稀奇國小對望，想必小時候到點再起床都不會遲到。

還好她媽媽已經在飯桌上擺滿菜，大概是知道碗粿要回來，杜小悅和每每狼吞虎嚥一番後才恢復元氣。

碗粿繼續拖著兩人出門，大太陽下又走了很長一段路。

是海，杜小悅腳踩的是高美濕地，她第一次光臨。

碗粿一腳就踏進水裡，這裡想必是她的心頭好，從小陪伴著玩到大的地方。

那時的高美很原始，沙灘上有曼陀珠色的海蜘蛛，走近時會神經質的鑽進洞裡，等人稍一走遠就再鑽出來。

海岸的另一頭是海防機關，杜小悅要提起單眼相機拍照被哨聲制止。

「ㄟ！不可以拍！」

碗粿一個箭步把杜小悅的相機按下去藏到身後，守防的阿兵哥已經來到跟前，背後還背著槍。

「對不起！她第一次來，所以不知道不能拍。」碗粿幫忙說話，邊說邊笑。

杜小悅完全搞不清楚狀況，每每可不像她不長眼，緊張地看著是否有事要發生。

那兵後面又來了一個兵。

那個兵哥看了三人，臉上的線條柔和了起來。

「好啦！要拍照可以，除了那邊。」

後面這個兵看起來就是憐香惜玉之輩，杜小悅對國軍的印象從此很好，這位仁兄應該是老鳥，他一緩和，之前那位就跟著放軟。

海防阿兵哥每隔一段時間會換人，難怪碗粿不認識他們，有點不打不相識的味道，花蝴蝶碗粿又要發功了，和對方一來一往逗笑，杜小悅心想：「真是狗改不了吃屎。」

「七先生！」

因為那個老鳥蓄平頭，戴黑框大眼鏡，門牙有點暴，配上阿兵哥大皮鞋，還真像倪敏然在《黃金拍檔》中演的七先生。

別小看這種萍水相逢，他和碗粿日後一直都有保持聯絡。

原始高美濕地的黃昏並不是杜小悅的相機能捕捉得住的，因為她並不是衝著學技術去攝影社，是為了阿祥去的，當然連皮毛都沒學到半點。

夜宿碗粿家，還能聽到潮起潮落的海浪聲。

樂隊暑假團練時，獅子出現兩次，不認真注意還真難發現，獅子座兼長姊的她，大概連自怨自艾的時間都沒有，就奔波在挽救家庭頹勢之間，恐怕也為她能不能接下室外指揮埋下變數。

獅子始終沒有跟杜小悅提過她家遭變的事，都是從其他同學那邊聽來的，兩人的友誼是怎麼散的都搞不清楚。

秦南跟紅紅都在這個暑假畢業了，紅紅還是想陰魂不散的攬權，奇妙的是，還是有些影響力。

接頑皮豹的室內指揮是吹薩克斯風的企管科學姊瑜，她號召了一群姊妹去她家附近的富井公司打工，杜小悅的黑管情敵也來了，她倆第一次有機會靠這麼近，瑜邀請杜小悅去她家住，早上一起出門上班，下午一起回家，她也邀請了黑管，這下兩人相處的時間多得不得了了。

全世界除了杜小悅之外，沒有人知道黑管是杜小悅的情敵。

上工的第一天，所擠的公路局讓人畢生難忘，就像塞菌菇用的菌土，塞好塞滿的擠。

「往後站！不要堵在門口，後面還有人要上。」

司機見用心喊話無效，竟踩油門快速前奔再煞車，他以為這樣可以跟塞菌土一樣把空隙都填滿，但他還真辦到了。

這加工區的女工數量是用過江之鯽可以形容得的。

日系公司就是日系文化，一進門就先脫鞋換室內鞋，有整套女工服，頭上還要綁條粉紅色頭巾，樂隊來了好幾個，每每也來了，她有學校的宿舍可以住，瑜沒有邀請她住她家，她就不好再跟屁杜小悅，至於瑜是怎麼跟杜小悅好上的，也沒脈絡可循，那個年代的友誼聚散都隨性，聊得合拍就是朋友了。

樂隊的領頭位置有室外指揮跟室內指揮，以及隊長，說是表面風平浪靜，其實也有暗自較勁的意味，跟總統大選宮鬥一樣，有些姊妹表現得比較明顯而略急躁，稍稍比其他人會拉攏關係，刻意之心也不是感受不到，像打擊的珍、黑管的玉、長笛的蘭、小號的秀就是角逐碗粿的下一任隊長的熱門人選，珍和玉的動作頻頻，蘭和秀各有前朝大老擁護，正式選舉ＰＫ時都被提名上了黑板，但碗粿悄悄屬意的人是黑管的君，不動聲色的拱她票數最多，全場嘩然，碗粿其實私底下都跟每個團員互動過，她表面瘋瘋癲癲其實內裡明白得很，念企管的關係吧！

不過，君是紅紅黑管的人，她有沒有伸出魔爪不得而知。

室外指揮接班人是被紅紅屬意的獅子，但獅子剛好家道生變，為家計疲於奔命，不得不再緊急找個備胎，杜小悅同是小號的會統科學姊敏，是個無聲無息，不爭不討的人，吹樂技巧並不出色反而有落後的痕跡。眼見比賽日期進逼，獅子又一直抽不出時間讓芊芊交接訓練，也不知道大老們在何時達成的協議，敏就接替了獅子的位置練起室外指揮了，把吹得不怎麼樣的人抽出去練指揮其實還真符合經濟效益。

瑜是怎麼接班頑皮豹成為室內指揮的，實在也很surprise，吹薩克斯風的她存在感頗低，室內指揮跟室外指揮是花瓶跟鐵鎚之分，樂隊的譜比合唱團的難度高幾百倍，聲部多很多，若不是有從小栽培過的音樂底子是難以勝任的，那年代窮人多，像李冰家的小孩都嗷嗷待哺，要學鋼琴簡直天方夜譚，瑜家是小康中上的公務員家庭，自然被栽培過了，這些有底子的團員，每次頑皮豹一個一個操練時都表現得很沉穩很出挑，印象都烙在她心裡。

瑜家不愁吃穿，還是會到工廠暑期打工，那個年代是經濟起飛的時代，人人都體會得到生產線的美麗與哀愁。

換好女工服裝後，領班開始分配工作，只有杜小悅被拆開自己一組，其他三三兩兩一起編到各組，剛開始杜小悅還蠻哀怨落單，落定後才知是最有福。

富井是電子工廠，其他人被安排到生產線做的是電子零件組裝，杜小悅負責檢測，把電路板插到檢測儀器讓亮燈跑一遍，如果有跳燈或不亮都是瑕疵品不過關，她這邊不用跑生產線，進度可以自己愛快愛慢沒人管，每次聽到瑜她們的生產線老響起火車快跑音樂就報以同情和幸災樂禍的矛盾心情，多半是下午時分最愛睡的時候，隊友有人打瞌睡，讓流籠的電路板擠成一堆來不及消化所致，音樂響起的頻率太高，還會有廣播點出名字哪位某某不要再睡了，杜小悅這時候都會笑醒，每每就是廣播的常客，和她同組的黑管每次回瑜家都氣噗噗的抱怨。

與杜小悅對視而坐的是富井的女職工，杜小悅無聊透頂又很愛睏時會找她聊天，但那人戒心重不太愛跟人打交道。吃完午飯午休後的上工是最難熬的，杜小悅檢測的這燈像五燈獎一樣反覆來回的亮，更像催眠術。

「怎麼平常自由自在活動時根本不愛睡午覺，到了這裡眼皮重到能睡一下都感激涕零。」杜小悅心想。

「不管了！」

杜小悅不知羞恥的站起來邊做工邊唱歌，唱的是張雨生的〈我的未來不是夢〉。那個年代，流行歌曲和電視廣告是勵志良藥，也是提神醒腦的補品，算是奏效的，還好對面那張撲克臉沒意見。

杜小悅很佩服撲克臉可以年復一年、日復一日的做這樣的工作。

打工的日子沒有任何特別的意外，只有杜小悅一直放在內心深處對黑管的敵意未曾消退，這樣近距離睡在同一張床上，杜小悅都沒有透漏過一絲心思，也沒有試著探測過什麼，這些日子，她沒有任何關於阿祥的訊號。

「有也可能是會隱瞞吧！」杜小悅心想。

撇開阿祥，黑管其實是個豪爽的人，以前遠遠觀她，她清秀的臉龐有侯孝賢電影裡辛樹芬的味道，後來聊開了，根本不是那回事。

杜小悅彷彿上了一課。

「很多事情都跟表象不一樣。」

這不是很簡單的道理嗎？杜小悅就是不懂。

所以黑管到底是不是阿祥的女朋友？杜小悅內心的嘀咕直到黑管說她要提前離開瑜的家才歇下。

黑管跟瑜對某件事想法有出入而拌嘴，板起臉說要離開，氣氛有些緊繃，兩人說不清楚細節，杜小悅試著調解，黑管剛開始很硬，後來大概想通了，為日後留一步著想，臉上線條柔和並笑著說：

「沒有啦！我爸爸說家裡最近有些事要我回去幫忙，從我家搭公車到工廠也是可以，只是比較遠一些，但也才遠一些而已。」

這陣子的相處，杜小悅已經可以把阿祥的事跟她分開看，也喜歡她的豪爽，聽到她要先離開，不捨之情油然而生。

「妳……，真的一定要回家了嗎？」

「是啊！」一派爽朗。

她並不拖泥帶水，很快收好東西消失在黑夜裡。

瑜都沒有留她一句。

杜小悅的有一個女工的故事（陳秋霞的歌）結束後，暑假尾聲杜小悅留下幾天做暑假作業，科裡傳統開學後的一大事——辦科展，走廊上會掛滿全開的作品，老師們評完後在上面貼獎項，被貼其實蠻光榮。

專二學期末，杜小悅班榮登歷年來科裡老師公認最頭痛班，跳船學生數最多，屎尿也最多。

雖然被如此羞辱，杜小悅班還是有幾個人認真的在五樓畫室畫科展作業，睿睿被貴知甩了之後，依然認真，並看不出失意，他照樣以畫室為家，欲拚科展滿堂彩，角落收音機唱的是童安格的〈明天你是否依然愛我〉。

所有的故事，只能有一首主題歌，
我知道你最後的選擇。

所有的愛情，只能有一個結果；
我深深知道，那絕對不是我。

既然曾經愛過，又何必真正擁有你；
即使離別，也不會有太多難過。

午夜裡的旋律，一直重複著那首歌，
Will you still love me tomorrow？

收音機是睿睿的，唱片是從玫瑰唱片行買的。

專科生裡放著幾個高中第一志願的資優生，有怪咖混在裡面也不足為奇，杜小悅四年級直屬學姊小董突然跳出來，她顯然和斯文攝影社學長格格不入，所以等他畢業後才來和杜小悅相認。

小董有很戽斗的下巴，還蓄著髮禁的妹妹頭，當年也是考上女中選讀專科，進來後學術科都罩，什麼都第一，杜小悅班上沒有這種怪咖，所以感到很生份，小董應該也很洩氣，怎麼認個不長進的學妹。

「學妹！我要準備插班大學了，決定不再唸設計相關科系，所以我很多東西再也用不到，都送給妳！」

小董口氣溫和但有威脅性，好像不拿會遭來什麼，杜小悅點頭。

話說如此混得開為何不繼續讀設計相關科系？

小董說她要考台大，無論如何一定要進台大。

台大沒有相關科系，最冷門好插的是人類學系，她說她要專攻這系。

那時代，教改很久以前，專科生在經濟起飛的時代扮演了舉足輕重的腳色，工科的國立工專、商科的國立商專或幾個叫得出名號的私立專科學校都在業界響噹噹，窮人家的長男長女一跨出校門就投入職場死命的幹，到了杜小悅這一輩舒緩一些，有人開始會想繼續往上升學，專科畢業要升大學得用插考，等人家有休學、轉學或其他原因空出名額，才有機會去報考，好的學校好的系通常鳳毛麟角，小董執意要進台大，必定只有人類學系這種超級冷門的系才會有位置，小董四升五年級，的確是決志的時候。

杜小悅從她那兒帶回一堆東西，裡面有用過的絹印框、描圖紙、壁報紙，沒有了。

暑假餘燼，秦南邀大家去她台南善化老家吃手擀皮水餃，杜小悅送她的畫小號的素描作業高高供在廳堂，吃完水餃到白河逛烏山頭水庫。

亮恍恍的夏日陽光和水波粼粼照得人睜不開眼，拍的照都是瞇著眼。

「吼～」八卦王每每不由自主發聲。

「吼什麼吼，吼（台語：虎）在山裡。」秦南下意識本能回嗆。

碗粿、紅紅、阿發、頑皮豹、每每、瑜、杜小悅一擁而上，眼前的前前前前前朝室外指揮美秀被逮個正著，她一身大紅洋裝，長髮披肩隨風飄逸，身旁的護花使者手上拿著才吃了兩口風景區一定會賣的醃漬芭樂。

美秀極力抑止驚嚇，尷尬的笑著。

這些指揮們，桃花旺得佛，而且都會被每每的雷達掃到。

從白河搭平快回家，這年暑假就真的到頭了，人煙稀少的車廂空蕩蕩就幾名女子在車上胡鬧，亂叫亂唱亂跳無人管。阿發用不熟練的技巧彈唱著吉他，她正在練的是蔡藍欽的〈在這個世界〉，這位仁兄的英年早逝，讓阿發為他哭濕了好幾塊枕頭。

在這個世界　有一點希望
有一點失望　我時常這麼想
在這個世界　有一點歡樂
有一點悲傷　誰也無法逃開
我們的世界　並不像你說的真有那麼壞

你又何必感慨　用你的關懷和所有的愛
為這個世界　添一些美麗色彩

我們的世界　並不像你說的真有那麼壞
你又何必感慨　用你的關懷和所有的愛
為這個世界　添一些美麗色彩

「ㄟ！我們來玩牛頓定律！」杜小悅提議。

此行人已經無聊到這種天怒人怨的地步了，就是在行進的車子往上跳再落下，看看會不會落在原地的後方。

每每還真的跟著做，兩個笨蛋玩了幾次，一股無聊的氣息襲上來，就都乖乖回到座位上聽阿發唱歌。

車暫停斗六荒野會車，滿眼望去無邊無際的蔗田，夕陽西下，車停許久都無再啟動。

「不會吧！該不會今晚要在這兒過夜了！」頑皮豹憂心的說。

「這裡又不是什麼廣大的腹地，哪還需要夜晚交班泊車，大不了沿著鐵軌走都能到家，妳家在彰化，有什麼好擔心的。」紅紅鼻孔嗤氣，講話的時候跟指揮時的殺氣不相上下，有種梅超風練九陰白骨爪的陰森。

杜小悅一直很害怕紅紅，這時候剛讀金庸的武俠小說，金爺筆下凶狠毒辣的女性角色都和紅紅疊影。

每次紅紅喝斥頑皮豹，頑皮豹就露出委屈的神情不敢再回嘴，這畫面也很像滅絕師太在教訓紀曉芙。

不誇張，月兒高掛，蟲聲唧唧，荒野中的平快仍靜止在那兒，這是一列被世界遺忘的火車，也或許穿越到另一個世界去了……。

專三開學前，國家說：髮禁解除，解嚴。

杜小悅的
異想
1985

專三

無法無天，翹課一百天！

上學期盧小小的比基尼事件，令狐沖沒有成功當掉滷肉，她才真正鬆了一口氣。髮禁提前解除的這一年，女生宿舍地下室開起了髮廊，路上女子頭頂一把刀殺來殺去，終於可以正式告別耳上一公分了。

這年讓人歡欣鼓舞的事還有一樁，就是告別武大刀，從此再也沒有數學課，但之前被她以59.5分當掉的還是得重修，杜小悅打聽到企管科的數學老師很仁心，班上一群苦主共八人（含錦雯）都去報到了。

老師是中晚年禿頭佬，講課不會跳步，杜小悅都聽得懂，而且他考前會洩題，考題也不會竄改，和課本的題目一模一樣。

但這禿頭佬有個噁心事，就是講課講一講，會走到漂亮的女學生身邊趁機摸一把，摸摸頭、摸摸手，前面幾個冤大頭老是遭殃，表情很不願意，但為了過這一科只能咬牙忍了。

這一年，杜小悅要從十七歲跨入十八歲。

終於有了攝影課，矮星是科裡教攝影的老師，他照樣是大學美術系畢業，本來在小學專任，聽說這邊有職缺，每天都到校長室跟校長問安，終於感動校長老芋，明示他去議會找議長幫他寫推薦函，議長竟然也幫了忙，就進來了。

聽起來很不可思議，要信就信，不信就不信。

攝影課得先有個單眼相機，少說也要兩三萬，那個年代，這是個極大的數字，一學期學費也才四千多，說是上了賊船真的不為過。

後續還有底片、相紙沖洗費，一捲二十四張、三十六張，花錢如流水。

科裡有個暗房，矮星先教沖洗黑白底片，拍好照後，要到一個伸手不見五指的空間捲底片，把底片卡上一個螺旋鐵圈再沿著鐵圈把所有的底片都卡進去，之後有一個關鍵動作，把螺旋圈放到耳邊上下搖晃，如果發出沙沙鬆鬆的聲音，表示成功，若一點聲音也無，就是沒卡好，得重新來。

那陣子，每個人手上都拿著鐵圈和底片練習捲片，有空就練，因為矮星要考試。

專三之始，大概要邁向十八歲初成年，嫩芽漸漸轉硬，許多以前唯命是從的習性慢慢鬆綁，突如其來的髮禁解除，連公路局的車掌小姐都消失了，改成投幣和月票，公車一停靠，硬幣咧咧響，有時候來不及籌剛好那十七、二十二元的，投個整數給公路局當小費，偶爾也看得到大紙鈔塞在透明投幣箱裡，更有溫度的時候，有人在投幣箱前掏空了所有的口袋都湊不足數，後頭就有人向前補上了，不求回報。

公路局怕有人魚目混珠盜用學生票，規定學生月票上面要放大頭照，學了攝影的杜小悅換了張側面四十五度的完美照片，公車司機總是要認真確認是否是本人才放行。

宇宙像被戳破一個洞，所有狗屁倒灶的東西都偷竄進來。

如果可以，杜小悅真想在學明樓圓環正面巧遇武大刀時對她比中指。

這年，公路局深處如常走出雨鞋怪客草上飛，杜小悅反腳踩回去，加碼踹上一腳。

若說美國六〇年代盛行嬉皮，杜小悅的八〇年代有一點點嬉皮況味，戒嚴時要當街作怪可以，警察即使想放水也不得不干預，這會小蔣解嚴大放送，時代的列車會開往哪裡去，杜小悅這群人沒高瞻沒遠見搭著這股浪潮隨波逐流。

老芋校長一向開明開放，這時似乎也呼應小蔣解嚴全校大放送，外點名的機制取消，連任課老師也鮮少點名，這學期要見上幾次負責點名的班代錦雯都難，她其實應該讀的是辯論科，正如杜小悅讀的是管樂科。

沒有點名，沒有請假單，歐導桌上冷清異常。

一股頹廢風徐徐襲來，連乖寶寶妮妹都快動搖了。

妮妹是班上最拘謹聽話的小孩，講話的聲音永遠都是娃娃音，她沒有參加任何一個社團，也沒有參與任何一個活動，她的生活就只有上好科裡所有的課，全班只有她讀的是藝設科。

專二的英文老師很喜歡妮妹，因為只有她最認真，那英文老師上一學年的課只會讓人記住一個片語 not only…… but also。

「很重要，一定會考，什麼考試都會考。」

他講話時口水噴散如雨下，老愛停在妮妹的前面噴口水雨，妮妹說有蒜味。

妮妹在傳寫的小札上表示很想撐把傘上課，但始終沒實踐。

專三的桌子換成很大的製圖桌，把教室塞很滿，這學期特別好翹課的原因是開始分組選修上課，國文老師從鼻樑上勾下汽水瓶底的厚眼鏡露出半球凸眼問：

「同學都到哪兒去了？」
妮妹就會像放唱盤帶說：
「請公假還有分組上課。」
這些學科老師已經被訓練到遇藝設科都不能一般苛責，大局術科為重，搞得像妾身一樣，猶記得專一的出師表先生那句：
「你們可以做作業，但請留給我一絲尊嚴。」
校園外的體制鬆動，連帶帶動校園內的荒廢，也不知道這些老師們心裡是否開心樂意。

離騷：

・這學期翹課非常容易，在於自己翹不翹罷了，要全班在一起上課簡直天方夜譚。

獅子家的問題似乎只有越來越棘手，當初氣派請流水席的華麗房子已經保不住，地下錢莊利滾利的經濟負擔，讓她不得不提早面對，之前黑道討債討得還不是很兇，只是威脅要綁女兒下海償債，獅子遲到早退頂了專二下學期，到了這會兒，人家就不依了，獅子爸爸該用的瞎攪蠻纏，以拖待變的方法都用盡了，逼得她一天兼好幾份工作，精疲力盡，好好的一個美人兒累成枯枝。

獅子剛開始兼的工作是一般學生會做的，速食店、工廠夜班、補習班發海報、百貨公司清潔工什麼都做，她在紅紅的庇佑下有上司令台指揮過幾次升旗，電到一些男孩追求，但儘管那些男孩裡有家財萬貫的闊少，要到談婚論嫁解燃眉之急也是太早，也不知獅子心裡是否有想過？

有個公車同路線的小夥子暗戀她許久，看到她上台指揮後就勇於表白，每天想方設法逮到獅子神龍見首不見尾的行蹤，陪她搭公車了好一陣子。

那年代動盪得厲害，暴起暴落的事件層出不窮，杜小悅國中時在補習班認識的一位談得來的好友碧，突然有天一起念書時哭得驚天動地，抽抽噎噎的說：

「我爸倒債一千多萬，我不知該怎麼辦？」

碧也是家中長姊，杜小悅只能傻傻看著她斗大的淚珠一串串的掉，沒遇到過實在不知道嚴重性，總覺得事情應該會過。

沒想到那次是杜小悅最後一次看到碧，從此音訊杳然。

是舉家逃債還是……。

誰也不清楚，碧家住哪兒杜小悅也只知道是在彰化，範圍那麼大，茫茫然了。

獅子家是沒準備要神隱，她爸爸想東山再起，一直在找門路，她工作到虛脫的錢於龐大債務如蒼海之一粟，但想著補貼家用也是不無小補。

獅子家這場債是被多年換帖好友詐騙陷害，兄弟說得天花亂墜，拍胸脯掛保證，還帶著去中橫深山看採礦場。

獅子的母親是嬌生慣養的小姐人家，長得標緻，被帥氣的獅子爸爸呵護在掌心，遭逢如此變故一籌莫展也還是希望郎君能風雲再起，給她闊綽生活。獅子反而看得明明白白，父親這一倒，是神仙也難救了，家裡父執輩也都會分析給她聽，要她不能等閒視之，獅子座的她自是不輕易被打倒，挽起袖子能拚多少算多少，但總像是拳頭打在硬石子上，身子疼就算了，心疼就難捱了。

獅子心高氣傲，縱使眉頭越鎖越緊，說話越來越義憤填膺，一滴淚也沒掉過。

班上知道她心底事的不多，但隱約知道那剛強的外表下歇斯底里的不尋常，都會cover她的缺席翹課，反正班上的人輪流消失，像杜小悅樂隊聲部的交響詩一樣，不足為奇。

芬親、滷肉、章章、貴知等住宿的小妖女們一天到晚接獲聯誼邀約，多半是穿著大學服走在路上、搭車被鎖定，人家派眼線進來打聽就找到班級，不穿大學服走在路上也煞到人，一路跟蹤尾隨到校門口，附近的工科五專、高職、男校高中、大學全來了，還互通有無吃好相告，遠播到外縣市。

男校邀的聯誼，他們買單，姊妹們一起出動吃遍大江南北好不快活，跟去作陪的錦雯、麗蓉對如此好處暗爽不在話下。

錦雯一直糾葛在阿峰的三角習題裡；麗蓉被學長補牢插翅也難飛，金城武在前也不改色，正如誰也動搖不了阿祥在杜小悅心裡的位置。

滷肉當眾表白過的德城，終於和女子並肩走在操場上，眼見為憑加打聽，是女友無誤，那女子是專五的國貿科學姊，也住在校舍，滷肉及旁眾女子皆心碎一地，方才開始接受其他男生的追求，那是專二德城即將畢業時的事，這會兒，眾女子都有了新戀情，加上翹課太容易，戀情加溫得很快。

專三的設計繪畫還是令狐沖，他這學期很無理取鬧的找班上幾個同學的麻煩，好像是想出一口上學期被滷肉事件羞辱的怨氣，錦雯、杜小悅、魚魚、麗蓉等都被刁難的厲害，明明畫的透視沒問題，他硬要杜小悅重畫再重畫，似乎永遠不會滿意。

和令狐沖搭課的是美金，雖然美金剛從大學美術系畢業年輕有為，但沒有人對他心動，還嫌他機車，因他教壓克力不透明水彩技法，一樣沒示範只出張嘴，要大家振作努力，收作業也嚴得要死，遲交就扣分。

誰鳥他，談戀愛要緊才是。

這些女孩正準備滿十八歲，對面唱片行大鳴大放的最新流行主打歌是李宗盛的〈十七歲女生的溫柔〉。

十七歲女生的溫柔　其實是很那個的
我猜想十七歲的女生　有明亮的心和朦朧的眼睛
而猜想畢竟只是猜想　我不是女生　早已過了十七
哦……哦……哦……哦……哦……　早已過了十七

十七歲女生的溫柔　其實是很那個的
我猜想十七歲的女生　也許沒想像中的精
而猜想畢竟只是猜想　我不是女生　明年就要娶親

這群女孩倒不像杜小悅醉生夢死於社團，讓青春不留白的轟轟烈烈愛一場，十七歲最值得的事就是這個了。

芬親的男友是工專的男孩；情情的是補習街後面的一中生；滷肉的是附近體專高大壯的梨山原住民；章章的是較遠的清華大學生；貴知和高工男。

一個比一個還沉淪、無法自拔，這些人這會兒唸的是戀愛科，翹課比五五波，一週到課一半已經很了不起。

此時外表打扮也突飛猛進的變化，歐美日偶像的龐克瀏海為大宗，從髮禁解除以來開始養的長髮剛過肩，比較像當時的中森明菜和藥師丸博子。

五朵花們哀號自家美人一律外銷，也於事無補。

這學期的英文老師換成地瓜，妮妹終於不用再聞蒜味。

攝影課上到把底片捲好後放到藥水裡去顯影、定影、急制，然後大量用水沖洗，一條條長膠片在水裡像海裡的海帶漂來漂去。

攝影課之後是英文課，總是讓人疲憊而抗拒，爬五樓爬到第三年，小腿肚日漸腫大，上次上課地瓜說要點名，願意到課的還是寥寥可數，那些鶯鶯燕燕們都繞到他處準備約會去了。

「阿祥！」

杜小悅把血淚斑斑的日記丟灶裡燒精光後，就準備把阿祥淡忘，但他來了，他還是來了。

阿祥一定很狐疑，他一定沒有遇過像杜小悅這種怪咖，如果他長大後在二〇〇二年看到法國電影《艾蜜莉的異想世界》裡的艾蜜莉，他就會恍然大悟了，也或許他會知道怎麼有效率的追到杜小悅。

但電影畢竟是電影，編劇唬爛而已。

阿祥對崎頂那夜的眼神熾熱交會很上心，天蠍座男孩或許沒有什麼戀愛經驗，只知道用些正正當當的理由再試探再確認，他這次是假借重修英文課的名義而來的，地瓜點完名都沒有叫到他的名字，他坐在杜小悅身後，杜小悅都不敢回頭，正如營火晚會時，他站在她身後，而這次，她沒有回頭。

地瓜上課說了什麼，杜小悅一句都沒聽進去。

下課鐘響，杜小悅猛然回首，那位置空了，阿祥走了。

就像艾蜜莉在巴黎酒吧裡，他心愛的男子來找她，回頭問：

「這照片上的人是妳嗎？」

艾蜜莉否認，男子轉身，她的心碎化成一攤水潑在地上。

如果可以，杜小悅也想化成那一攤水。
玫瑰唱片行這回唱的是王傑的〈一場遊戲一場夢〉。
因為太朗朗上口，班上的同學都唱起來⋯⋯。

那只是一場遊戲一場夢　雖然你影子還出現我眼裡
在我的歌聲中　早已沒有你
那只是一場遊戲一場夢　不要把殘缺的愛留在這裡
在兩個人的世界裡　不該有你
喔　為什麼道別離　又說什麼在一起　如今雖然沒有你　我還是我自己
說什麼此情永不渝　說什麼我愛你　如今依然沒有你　我還是我自己

杜小悅不知道阿祥再也不會來了，她以為還有機會調整心情走近他，所以這次
她還沒傷心到哭出來。

離騷：

・曠課情形實在太嚴重了，最少也給個面子，不要老是讓妮妹「獨當一面」。

設三小札，以下空白。

這一年，每人平均翹課天不偏不倚落在一百天。

從國貿科轉來的婷婷其實術科表現不凡，會想自投羅網絕對是有鬼的，常識有云：主動爭取者必定比誰都懂得珍惜。

婷婷二上剛轉過來時頗低調，看似隱藏了實力，也可以感受到她想盡快融入這班廢人的壓力和企圖，成天和杜小悅、鬧鬧混在一起聊天打屁，也不知道是她本性和這班廢人相合，還是ＥＱ過人知道該入境隨俗，很快就成為頹廢人認證的自家人。

獅子座的婷婷吃起剉冰超級猛烈，冰菓室的蜜豆冰一奉上，就囫圇吞冰盤見底，然後手撫著太陽穴感受腦血管被冰鎮的快感，杜小悅總是一愣一愣的看著吃驚。

杜小悅在獅子淡出他的生活圈之後就都在社團鬼混，班上就沒有比較常往來稱得上閨密的同學，雖和鬧鬧聊天打屁多，但鬧鬧的個性孤僻，是不會跟誰掏心掏肺的，婷婷這時候跟杜小悅走得近。婷婷的母親是神隱媽媽，事業是幫人收驚改厄，父親是某肥缺單位的公務人員，油水很多，在南部有一望無際的土地，每次到了註冊時節，因公務人員子女補助，婷婷交了學費後學校退了比學費還多的錢給她，杜小悅羨慕不已。

混在一起玩的日子，科裡辦了吹牛大賽，婷婷主動找杜小悅搭檔，橋段是她設計，跟豬哥亮歌廳秀很像，科裡上上下下看了都覺得很新鮮，笑翻之外給了第一名肯定，深究之下，才知道婷婷是豬哥亮的粉絲，暑假大家都在玩樂、打工之際，她就窩在家裡把附近錄影帶店的豬哥亮歌廳秀全看完，她還說因為暑假漫長，全看完還有大段時光要消磨，於是就重複看，直到能倒背如流。

專三一開頭的科展，就在大家談戀愛的談戀愛，忙社團的忙社團，不知幹嘛的幹嘛的當口，婷婷在課堂上獻出實力之作，噴畫項目奪得插畫老師讚嘆有加而獲得首獎，那是一幀一個無人提取的紅色水壺騰空倒出開水的超現實達利風格，從此在

插畫項目將眾人遠拋在後。她是一邊跟人混水摸魚一邊暗自努力的傢伙，

婷婷的才華被看見了，許多勢力傾向的情情、麗蓉都靠過去了，大方向是專四之後需要找畢業製作的組員，小方向是許多作業開始需要分組。

婷婷舒展了這口氣之後，笑了出來，和她原先的規劃發展不謀而合，於是腳步真的放鬆了，她恣意的揮灑起自己的青春——給林慧萍，林慧萍在婷婷心中的份量不亞於豬哥亮，甚至凌駕其上。

婷婷順利融入班上主要團體後，就順勢將頹廢不爭氣的杜小悅拋到九霄雲外，她本來就只是藉杜小悅融進這個班，人說歡場無真愛，傻杜小悅在心機上還真是遜了好幾籌，幸好有像錦雯、桂枝這種一樣天真的牡羊女讓她不至於太孤單。

在那個年代，玫瑰唱片行每個週期都會換一批海報，以滾石、寶麗金、歌林、藍白等唱片公司為主的歌手盡出，所出的唱片詞曲皆優，銷量大破百萬的不在話下，唱片公司為了行銷，在廣播免費放送歌曲，隨處都能聽到熱火的銷售主打歌，尤其漫長的通勤上下學時間，若遇上下雨堵車，車上播放的流行音樂就是最好的陪伴。

這時期不僅流行歌好聽，港劇和香港電影都好看，西洋的流行音樂也猛烈佔據唱片行的銷售排行榜，光仔最愛的麥可傑克森蟬聯不敗，女神就是顛覆女王瑪丹娜，內衣外穿這件事在保守的杜小悅班並未引起太多波瀾，有也是五朵花自己埋藏在心裡的吶喊，無人知曉。杜小悅倒是比較喜歡跟瑪丹娜風格相像但更為原始的辛蒂露波，她聲音像乾淨玻璃杯碰撞般的唱出〈True colors〉時，杜小悅就把她刻在心裡了，倒不像光仔對麥可，婷婷對林慧萍，或鵝子對張雨生那樣的迷戀，杜小悅純粹愛上那首歌的一切，包括辛蒂露波、歌詞、音樂。

You with the sad eyes
Don't be discouraged
Oh I realize
It's hard to take courage
In a worldfull of people
You can lose sight of it all

And the darkness inside you
Can make you feel so small

But I see your true colors
Shining through
I see your true colors
And that's why I love you
So don't be afraid to let them show Your true colors
True colors are beautiful,
Like a rainbow

雖然英文程度被這個學校的英文老師們耽誤了，還是能哼上幾句的。

杜小悅每次聽每次唱都會想起阿祥……。

婷婷的行蹤之後比較是由主要團體的柿子、情情那邊傳出來，所謂的主要團體，和班上的「黑洞」不太一樣，是不是有重疊也不得而知，要區分的話，大抵主要團體是公開的、囂張的、攬權的，而「黑洞」比較是地下秘密組織，像之後的電視劇《一把青》提到的「細胞」，暗自的主宰生殺大權，讓死的人怎麼死的都不知道，當然很可能就是你不知道什麼時候惹了誰不悅，或者細胞需要提人頭去領賞就順勢出賣了。

沒有參加任何社團的婷婷，過去一直鴨子划水的用功，從未翹過課，但因很會偽裝，沒有人發現這個道理，只有妮妹讓人印象深刻的全勤，但這天，婷婷翹課了……。

「她昨天又去找林慧萍了！」深知內情的麗蓉告知大家。

包括杜小悅在內的許多人都覺得不可思議，雖然每個人都各擁所愛偶像，但說到「去找」還真是像聖母峰一樣難解的高度。

絹印課是最好混水摸魚的，諾大的地下工廠人人做作業的進度不一，有人繃網，有人畫稿，有人曝光，有人洗網……，穿梭來去時混進來就像沒發生過什麼一樣，反正這堂課老師幾乎不點名，雖然有的課老師會全權交待班長點名，但其實班長自己也常不在。

畫稿區起了小小的騷動。

「什麼？妳昨天睡在基隆的小旅社？」說話的是天真爛漫牡羊座桂枝。

「有發生什麼事嗎？」大姊大麗蓉問。

「妳真的很大膽耶！都看不出來！」貴知說。

這也難怪，髮禁剛解除那段時間，婷婷跟著大家留長髮，及肩後燙了中森明菜林慧萍頭，應該是拿著林慧萍的照片請髮型師照著剪燙的，但自從追逐著林慧萍的足跡全省趴趴走後，常常得搭半夜的國光號才能回到家，在那個沒有手機求救的年代，女子黑夜獨行是很恐怖的，於是她剪成了俐落的短髮，穿起了黑色系列的中性服裝，把自己打扮成香港黑社會的小弟，當時電影《英雄本色》非常紅，科慶表演扮裝趴時，杜小悅班就扮過《英雄本色》。

不是網路的時代，多半是從一些報章雜誌獲得明星的動向，例如《姊妹》、《大成報》、《民生報》、《時報周刊》之類的，婷婷第一次參加林慧萍演唱會時，就認識了「林慧萍粉絲後援會」的會長，從此如虎添翼。

「小旅社不是都有那個……。」麗蓉說。

麗蓉的學長男友家是經營小旅社的，她常常需要去幫未來的婆婆的忙，多半是坐櫃台check in & out，看到最多人生百態。

婷婷任眾人提問笑而不答，因為班上沒有其他人迷戀林慧萍，所以沒有羨慕尖叫的人，比較多是對婷婷本人的奇遇感到好奇。

這年代的家長面對這年紀的小孩幾乎一面倒的沒轍，每個人外宿不回家的原因都不一樣，有追星的，有玩社團的，有談戀愛的，有不知道原因但其實應該很嚇人的，反正那時候通訊很不方便，先斬後奏都沒出事，開開心心出門，開開心心回家就好了。

婷婷真的非常愛林慧萍，國內演唱會或任何活動幾乎無役不與，日久了，竟成了林慧萍的朋友，大明星到這個城市表演時都會請助理聯絡婷婷，見個面吃個飯之類的，而且大明星曾經和另一位男星的戀情過程，婷婷應該知道不少，只是她非常擅長守口如瓶，沒有人能撬開她的嘴吐露半個字。

婷婷的確是因為追星追到走火入魔而稍稍大意了課業，原本應該趁勢追擊而如日中天的，卻又沉寂了下來，她花了大把時間畫林慧萍的畫像，用很昂貴的畫框裱起來，送到演唱會或任何活動的現場。

問她喜歡林慧萍什麼？

「喜歡她的歌聲，感動了我。」她說。

暑假不再看她租借豬哥亮的歌廳秀，怪腔怪調的模仿豬哥亮開黃腔，偶爾難得聽她開金口唱林慧萍的歌，聲音細細小小但真摯，婷婷長得還算可愛，術科精湛表現後，學長睿睿在她身邊纏繞，但她似乎覺得困擾，所謂的情竇初開，她是貢獻給豬哥亮跟林慧萍了。

睿睿在追貴知前其實有個同班女友，對他死心塌地，愛上貴知後和女友分手，貴知嫌他太黏人，讓人喘不過氣，分手後，睿睿似乎就一直沒有再跟誰交往，反正感情這種事，就是一物降一物，沒有道理的，李宗盛那首〈愛情有什麼道理〉裡的提問，答案很簡單，就是沒什麼道理。

《蓬門今始為君開》、《一樹梨花壓海棠》……，如此雅致的英翻中電影片名，對照著豬哥亮式的黃腔隱喻，正在這青春期的班上發酵，葡萄醋還是奇異果醋都是醋，反正不要爆裂醃醋的瓶身就好。

杜小悅這一瓶，已經停滯很久很久了。

鵝子這一瓶就蠻多泡泡的，她愛上了張雨生，要大家喊她張太太，同樣沒有人跟她搶，班上只有她一個愛著張雨生，很奇妙，不是真正的戀愛，只是神往，也還是會影響功課，鵝子本來術科也是數一數二的強，但公開張太太意向後，就和婷婷一樣鬆懈了下來，甚至沉迷於賭博。

那個年代跟所有的年代一樣，一陣風一陣雨，有時迷這個，有時迷那個，當然也會流行到打橋牌，女生宿舍裡住的不都是戀愛生物，也有不戀愛的，該如何打發大量的無聊時光，自然就得玩些花樣，例如有人學吉他，有人學刺繡，有人就打橋牌，賭博性質的東西本來就容易腐蝕人心，鵝子開始翹課就是老在女生宿舍餐廳開桌打橋牌，她來自偏遠的奇山，是個樸實乖乖女，當然不賭錢純娛樂，牌咖就是因為她術科強老巴著她的勢力鬼柿子，還有幾個同寢的乖乖牌，偶爾上課老師要點名，能調些回來充人數的就是這些賭鬼，起碼就在校內，其他的都在天涯海角，十二道兵符快馬也趕不回來，但鵝子也是很有脾氣的，玩性正濃時，管你幾道兵符也不會起身。生活中唯一能讓她融化徹底的就是張雨生。

班上還有另一個張太太，就是魚魚，魚魚的他是張洪量，唱起歌來像破鑼嗓但還算帥，搭配廣告唱了一首〈你知道我在等你嗎〉文質彬彬彈鋼琴的樣子電到了魚魚，買的專輯抽出來的歌詞摺頁裡的照片，眉宇間還鑲有薄薄的憂鬱，也是雙魚座的魚魚自然逃不過這一標準款，談起了單相思，張洪量的行蹤比較飄忽，大眾傳播訊息量很少，魚魚也不若婷婷般瘋狂，就遠觀不褻玩了。

雖然術科很重，作業很多，這年也多出了幾堂空堂，有點要邁向大專生的樣子了，但這股頹廢風實在是太猖狂了，作業很少有人如期交，應該是要擠到學期末一次出清，雖然很害怕被當不過關，但就是不見棺材不掉淚。

三年級上學期的杜小悅，還是遊走在樂隊，不知死活的醉生夢死，圖學二比圖學一還棘手，不再畫外星人留下的螺旋麥圈，轉而畫立體的透視圖，解構立體圖杜小悅還能過關，進階要再結構回去這就困難了，原理類似少男拆解機車或收音機電器類的容易，但要組合回去就不是誰都辦得到，雖然每個人都在各處野放，還是會稍稍記掛作業，畢竟期中會打一次分數，該交差的也不能太過份，杜小悅就是在年度演奏會上悟透了這一題人生。

「是不是該退樂隊了！」

碗粿是企管科的，她有會會會會連四會（初會、中會、高會、成會），就被當了前幾會擋修，奇慘無比，杜小悅邊吹著美輪美奐的〈展覽會之畫〉，邊看向陶醉吹奏薩克斯風的碗粿，心擺盪不已。

經過上半學期的逍遙自在遊後，期中考考試成績公布，地瓜是不像一、二年級的英文老師那麼缺德，他勤於點名也很樂意當人，班上有一大半的人不及格，其他術科成績倒還沒發現端倪，低空飛過的人一堆。

杜小悅這班十二生肖裡是屬雞跟屬狗的，但其實應該是屬魚的，沒有痛覺神經。有人消失了不只一百天吧！阿勳跟芬親這學期跟人間蒸發沒兩樣，比獅子還囂張，至於人跑那兒去？還真是無人知曉。

期中考過後，攝影課開始進暗房洗照片，就是把像海帶一樣的膠片印成相紙，不再是像鬼片一樣的負片，黑白照片的暗房可以容許紅色燈泡，雖然暗但伸手可以看到五指，只是是紅的。

先用放大機在試紙上依不同的曝光時間照光，然後再放到藥水裡洗，找出最適合的曝光時間，再放大成四乘五或五乘七的相片，矮星要大家買單眼相機，舉班哀號，那時候的學費一學期四千元有找，一台單眼相機起碼要一萬二起跳，當時雖經濟正在起飛，但家裡的小孩人數比現在還多，這樣一關關的進逼，恐怕怕的還在後頭，但拿起單眼相機的樣子實在很帥很威風，比拿六法全書跟背後背畫架還酷，大家也就回家讓父母割血割肉的買了。花了那麼大一筆，再不有模有樣的拍些東西實在說不過去，反正翹課到天南地北談戀愛、玩樂都可以順便拍照，暗房裡洗出來的相紙在水裡漂的影像都曝露了翹課去向的足跡，婷婷的是林慧萍肖像，鶯鶯燕燕們的都是男友視角的自己，杜小悅的是小號樂器，最是乏善可陳。其它就是花、鳥、蟲、動物，還有一些比較正常懷舊復古的街頭小巷，是妮妹和幾個對攝影開竅了有興趣的正常人做的作業。

攝影不只是相機貴，沖洗費也貴，暗房作業也只是一學期容許洗個幾張，但要繳交大量作業就非得去馬路對面的雲朵照相館洗，一捲底片七十元，沖洗相紙以三十六張論，起碼要一百二十元，常常洗照片洗到傾家蕩產，沒錢吃晚餐。

單眼相機拍的照片比現在的數位好看，明暗層次豐富、色彩飽和，雖然按下快門後得把一整卷拍完才能送洗，等待的時間拉長，但看到照片的剎那滿足難以形容。

侯孝賢導演說膠捲拍出來的影像有種氣味，是班雅明說的光韻（auro），杜小悅班這輩人是感受到了。

矮星是大學美術系畢業的，不是攝影專科，他被科裡分配到教攝影，才努力進修，所以他能教的就是在暗房的一些基本技術性的知識，以及簡單的攝影景深、曝光基本原理，還有就是帶大家去美術館看布列松的作品，後面這個動作非常正確，因為杜小悅很迷戀布列松的「瞬間美學」，和侯孝賢的電影構圖很相像。

矮星自己是不曾拍出很厲害的作品分享。

客廳即工廠，VHS大量橫行的時代，家家戶戶幾乎都有一台錄放影機，搭配的是汽車造型的回帶機，杜小悅家的電視機上也有一台錄放影機，時不時有帶子在裡面，旁邊也會有幾張同時借的帶子，婷婷就是這時期把錄影帶店的豬哥亮歌廳秀還有有林慧萍的帶子全部掃光。杜小悅自己很少去租帶子，都是看家人借來現成的，大部分是二哥借的，不要小看大馬路斜對面那家鄉下的錄影帶店，除了跟大部分同性質的店一樣，有隱晦的小邊間藏著隱晦的帶子外，架上還有當時創造經濟奇蹟的港劇錄影帶，什麼《新紮師兄》、《今生無悔》、《義不容情》一落一落幾十集的租回家，搭配當時百花齊放的港星卡司，梁朝偉、黎明、劉德華、曾華倩、周海媚、翁美玲等俊男美女，延伸的周邊效益讓娛樂相關產業的中下游商家樂不可支，書局裡印著偶像照片的圖卡、海報賣完了再進，有機車擋泥板的歷史，周慧敏和王祖賢就是擋泥板的常客，要說當時的香港同時霸有「東方之珠」、「東方好萊塢」的美譽是真的不浮誇，無線和亞視兩家電視公司像生產線一樣的變出一檔檔好看又有質感的戲劇，也隨戲產出千年不老的鮮肉和玉女，四大天王劉德華、黎明、張學友、郭富城成軍，也留下千古的問號，怎麼張國榮、梁朝偉、周潤發都不在列？若四大天王因音樂和帥氣為條件，沒有理由張國榮被排除在外，只能以張國榮的等級更高一籌可以解釋，畢竟他的歌聲、舞蹈，以及在《阿飛正傳》裡的演技，是所謂的「四大」容納不了的。

「東方好萊塢」裡的導演名單有吳宇森、王家衛、許鞍華、張婉婷、羅卓瑤、陳可辛、關錦鵬等，演員有蕭芳芳、張曼玉、鍾楚紅、周潤發、梁朝偉、張國榮等，香港的影視產出鍊是匯流的，並不壁壘分明，有的導演和演員都是從無線和亞視出發，非常紅了之後，才固定在電影的領域，台灣的許多導演、明星也是這樣的路線，香港在杜小悅他們那一輩的童年之後的傳播知識教育佔了非常重要的地位，劉德華就蟬聯了幾十年的偶像冠軍不輟。而杜小悅家的ＶＨＳ錄影機旁琳瑯滿目來來去去的錄影帶裡，就有過張婉婷執導的《流氓大亨》，香港片名《秋天的童話》，這部電影羅列杜小悅最愛愛情電影的珍藏之一，印象最深刻的大概是鍾楚紅演的十三妹住的地方，不定時火車經過會發出轟隆聲響，以及她唱歌給家教孩子聽的那首芬蘭民歌《在森林和原野》。另一部讓杜小悅永遠收藏的電影是許鞍華執導的《女人四十》，蕭芳芳從此在杜小悅的心目中成為第一女主角，古今中外皆然，大概是她把蠟燭好幾頭燒的工廠職業婦女演得太自然了，就像杜小悅村莊裡的自家或隔壁大嬸，這時候，杜小悅已經開始感受到電影的莊嚴之處了，在那個要出國跟天方夜譚一線之隔的年代，可以透過電影看到世界角落的內心深處，並且還能有自家和隔壁大嬸的熟悉感，如果照以後的盧貝松導演的電影《露西》中的說法，人類的大腦只開發了百分之十，而杜小悅這時應該是開通了一個百分點了。後來韓國出現了一部電視劇《請回答１９８８》，也是演繹杜小悅她們這個年代的人、地、事，也才知道香港的娛樂產業也同樣生根似的盤據了韓國的流行文化史。版圖應該擴及到了東南亞國家，東方好萊塢稱謂當之無愧。

依此類推，拜知識分子中醫師二哥之賜，租來的影帶那一落落，破天荒出現了大陸的片子，反正家裡無大人而頹廢的專三生，什麼沒有，就是時間多，空堂是給大家做作業用的，杜小悅班都拿去做更有意義的事了，百無聊賴時，只要是帶子都拿進錄影機滾一滾看是什麼鬼，是《老井》跟《紅高粱》，杜小悅第一次對謝晉這個名字有印象就是這時候。《老井》難看爆了，真的是什麼鬼，看了幾分鐘撐不下去就換成《紅高粱》，是還看得完，而且姜文把紅高粱踏平成一個圈，鞏俐躺下的那個性暗喻力道真的不小，日本鬼子扒人皮也是個超強記憶點。

但杜小悅還是被自家人執導的電影電得最兇，往後只要有人問一題：你最喜歡的電影是哪一部？

都是侯孝賢執導的《童年往事》。

要說為什麼是這部，應該是唐如韞奶奶和孫子要去大陸走的鄉間小路，和馬戲團式丟芭樂的那些場景，讓人嗅到鑲嵌在記憶裡的味道，希望定格永遠不滅，每個人的心中都有一個阿嬤，午後的、黃昏的故鄉，那個故鄉是橄欖樹那首歌唱的遠方的那個地方，而那個遠方就是近在咫尺的心靈深處。

杜小悅以為是因為自己和侯導同是客家人，才會有這樣的感受，後來擴大生活圈，閩南人的遠親舅舅說起《戀戀風塵》，一樣說到要把心掏出來一樣，那也可能因為編劇是閩南人吳念真的關係，但真的要說，這些電影也感動了外省人和國際影展上的外國人，是同理可證的道理，香港人拍的《女人四十》可以展現台灣感的鄰家大嬸，台灣人拍的電影，當然也可以擄獲其他國家人的心，電影，是共和國，讓世界成為一家。

全球好萊塢帝國那邊當然也有族繁不及備載的影片和明星導演撐場，杜小悅家的錄影帶堆也出現了史蒂芬史匹柏的《紫色姐妹花》，真不知道她二哥是電影系還是中醫系，租來的電影都是影史上最具代表性的片子，而且在那時候都是很新很前衛的東西，杜小悅看懂劇情，但深刻的涵義似懂非懂，畢竟看片子還只是娛樂，好看就開心，不好看就當打發時間囉！

那時候學校大禮堂突然佛心放映許多當紅好萊塢電影，在這個教職員都在打混的學校裡，偶爾會蹦出一些莫名的燦爛火花，可能是老芋校長還是認為得做點讓學生記得他的事。

這天放映超級小鮮肉湯姆克魯斯主演的《捍衛戰士》，杜小悅班全員到場，難得的全數到齊，禮堂中央放下一個大布幕，電影主題曲一響起，湯姆克魯斯騎著重機出現，全場女性的心都融化了，驚呼聲不斷，民風保守的這時這刻，很少能看到公開的影片裡有性動作的橋段，只聽說像五朵花他們這種雄性按捺不住時會去陰暗的戲院或小放映間，以及剛剛提到的ＶＨＳ錄影帶店的小邊間找片源。《捍衛戰士》湯姆克魯斯把到上級女軍官，兩人纏綿悱惻之際，尺度跟現在比起來是小巫見大巫，要說分級制度的話也頂多羅列輔導級，但此起彼落離場上廁所的人還真不少，也不知道有多少人忍住沒有去上廁所。

十二月一到，射手座的麗蓉率先滿十八歲，女子們都在策劃一件非常具代表性的計畫，杜小悅是被矇在鼓裡的，只接到簡短的指示要到鬧鬧家集合，名目是變裝攝影趴，反正那時候大家都在瘋照相，拍好了的照片都不能像現在馬上看成果，送去照相館得等上一天半載的才拿得到，所以雲朵照相館門市常常擠了半屋子人，多半是這間五專的學生，說也奇怪，那時的照片洗出來還真是好看，底片的藝術性還是無可取代的，要說阿祥喜歡攝影，杜小悅竟沒有在那裡遇過他，聽說真正的攝影玩家有自己的門道，買相機、買底片、洗照片都不會去雲朵這種店，但雲朵還是賺飽飽，很快擴充了二樓擴大營業。

所謂的變裝攝影就是服裝展示會，鬧鬧和文慧、情情她們這些都市小孩，和百貨公司的關係就像杜小悅、錦雯這些邊陲鄉間小孩跟稻田的關係是一樣的，杜小悅逛百貨公司是吹冷氣為主，對那些穿起來不夠寬鬆舒適的流行款式一點感覺都沒有，她恐怕對那些肢體拗來拗去的假人模特兒還比較有印象些，鬧鬧她們就很愛看儂儂或其他搭配衣服的相關雜誌，有週年慶什麼的都很敏感，常常交換心得哪裡有打折哪裡有好康，髮型也都是參考儂儂雜誌上模特兒的款式，偏好《東京愛情故事》裡的莉香式的前額劉海燙內捲花瓣，後及肩半長髮燙凹捲，以及延續中森明菜式瀏海後翻吹出兩片外凹浪花，杜小悅的髮型是去女生宿舍地下室髮廊燙的，除了拒絕一把刀、半屏山，其餘都可以，就是把頭髮燙捲就可以了，她根本不會自己吹整，燙什麼就是什麼。滷肉她們跟外語科還是來往得很密切，不死心追求她們的大有人在，班上在體育課合照的一張團體照傳到那邊，有風聲傳說：

「藝設三哪有這個人？」

「以前都沒發現？」

「新轉學生嗎？」

指的是照片裡站在中後排的杜小悅，這題無解，不知道是杜小悅真的女大十八變，還是比較上相，比對過去的照片，其實也相差不了多少，可能是這張的姿勢比較撩人，拍照時動來動去，剛好動到一個瞎貓撞到死耗子的角度按下快門而已。杜小悅的上相真假難辨事件其實還蠻頻繁的，本人與照片落差之處是「氣質」，桂枝一點破，眾人皆同意。

變裝攝影趴通告時間在週末的下午，那天也是麗蓉的生日，擇期不如撞日，鬧鬧家擠了一群女子嘰嘰喳喳的吵個不停，通常這種聚會鬧鬧的父親都會不見人影，鬧鬧這種百密不能有一疏的個性，當然事先都打點好了。

鬧鬧的個性很特殊，本來在班上很格格不入，她釋放很多 bonus 也如願的把原先的隔閡拉近，五專顧名思義是要在一起五年，如果還堅持最早用睨視的角度看同學，恐怕很難撐到畢業，或許她在父母婚變的那段時日，有感受到一些班上給她的溫情吧！

鬧鬧把衣櫥的衣服都掏出來，眾女子們一擁而上，雖環肥燕瘦不一，鬧鬧的體型大一號，所以女子們沒有穿不下的道理，鬧鬧曾經為了減肥，吃了好幾天的燙青菜和水煮蛋，營養不良差點暈倒在路邊的賓士汽車上。

稀哩呼嚕亂穿亂搭亂拍後，杜小悅才搞清楚原來這個是在幫科裡即將舉辦的化妝舞會做暖身，汝汝是科學會栽培的會長接班人，所以對這些事很上心。

也不知道大家亂成一團時，麗蓉和錦雯是何時溜出去辦了一點事，另一隊人馬是情情和芬親，去了蛋糕店拿了生日蛋糕，兩隊人馬都返回時，鬧鬧宣布變裝趴結束，隨之應就是幫麗蓉慶生。眾人簇擁到客廳，桌上擺了十八歲的蛋糕，鬧鬧和情情對麗蓉和錦雯使眼色，使了半天，杜小悅看到了還真不知道是什麼意思。

「好啦！真的租到了啦！」

麗蓉從懷裡掏出一片ＶＨＳ錄影帶放到桌上。

——《查泰萊夫人的情人》

「什麼鬼？」杜小悅一頭霧水。

「吼！超級害羞，麗蓉把身分證拿出給錄影帶店老闆確認時，他還用奇怪的眼神打量我們，真的很丟臉啦！」錦雯說。

「拜託！最丟臉的是我吧！」麗蓉說。

「對啦！對啦！」錦雯說。

「都馬是妳們！一群色胚，借給妳們看，要看快去看！」麗蓉說。

鬧鬧和情情幾個看到帶子都露出滿意而詭異的笑，鬧鬧趕緊拿了帶子往錄影機裡塞。

對話進行到此，其他同學有些已經知道是怎麼回事了，杜小悅真的還是不知道《查泰萊夫人的情人》是什麼鬼，可能四月一日愚人節出生的桂枝也不知道，她看向桂枝，竟然是一副既期待又害羞的表情，杜小悅很震驚，但是不敢表露出來，心想可能又跟自己99分智商有關。

「成年禮嘛！感謝大姊犧牲囉！」情情圓融的說。

金牛座的情情可謂是這班的薛寶釵，長得有點像梁朝偉的初戀曾華倩，班上許多事都是她在暗處默默促成。

唱過生日快樂歌、吹過蠟燭許過願，切的蛋糕都分好了，但只有杜小悅動手吃。

片子播出來了，女子們都屏息以待，顯然都是第一次看。

「喔！男主角身材不錯！可以！」鬧鬧評論。

因為前段劇情很無聊也很冗長，有人不耐煩。

「那要快轉嗎？」鬧鬧問。

眾女子點頭，於是鬧鬧啟動快轉，到了有情慾動作時停住再播放。

「夭壽喔！」

婷婷彈跳起來，杜小悅終於知道真相。

難怪今天連鬧鬧的弟弟跟妹妹們都不見人影，平常來她家，那三個小孩是會被鬧鬧使喚跑腿用的。

這班最年長的是光仔，女生是麗蓉，藉著麗蓉，女子們完成了成年禮。

電影真的很難看，看了一會兒就被棄之不顧，真的是什麼鬼。

專三這一年，小札早就被拋到九霄雲外，如果有的話，恐怕也是荒草漫天。

專三也是社團裡即將接班領頭羊的準備年，許多社的社長都呼之欲出，很多人都在外面跑，到課率真的寥寥可數，但大宗缺課的首要之因還是談戀愛。

這個年紀的戀愛是這樣子的，經過探索、摸索約會吃很多大餐路邊攤之後，終於紛紛塵埃落定，當然杜小悅不在其間，因為她是艾蜜莉，有心理障礙不打緊，智商只有九十九，影響了多方面發展，這裡說的是情情、章章、貴知、滷肉、芬親這些美麗的女子們。

麗蓉和學長的戀情很穩定，翹課的原因無非是去幫未來的婆婆顧旅社坐櫃台收錢。

章章是處女座，實際而理智，戀情也保密到家，很親的閨密錦雯才知道她的感情世界，貴知和學長分了之後，在打工處遇到和日本偶像木村拓哉很像的男友，這次很低調，是被柿子撞見了無可抵賴才承認。滷肉的個性很強勢，只有她甩別人不會有別人甩她的分，最讓人擔憂的就屬火裡來浪裡去的情情、芬親和錦雯。

錦雯和阿峰的紅白玫瑰依然上演著，牡羊座的她才華洋溢，充滿領袖特質，

139高智商，反應奇快無比，長相雖稱不上美若天仙，也是中上之選，基本上無懈可擊，但軟肋就在心腸太軟，像她這樣條件，長點心眼早就沒有人是她的對手了。

阿峰就是吃定她的心地善良，私底下很多知情的姊妹都在幫錦雯抱不平，也勸過她設停損點，但略懂星象的人應該都知道，牡羊座決定付出投入的事，很難拉得住的，雖然跑第一，但跑太快跑過頭，回頭找時獵物早就被叼走了。

杜小悅雖然沒有看過那個牽制住錦雯幸福的紅玫瑰，但想著應該是跟《東京愛情故事》裡那個假掰的里美一致，想著不要在路上被她撞見，要不然一定讓她好看，杜小悅也想過去揍阿峰，但被錦雯制止了，在感情上杜小悅真的是插不上手，幼稚園的小朋友怎麼幫得上大人的事呢？

這天，上學期的學期末最後一堂課，難得大家都給了青春面子，翹課王芬親都來了，全班為她歡呼。

「沒什麼啦！就是去海邊看海看了一學期，失戀了嘛！」

「妳再不回來，我都忘了妳長什麼樣子了！」

杜小悅剛好坐在芬親旁邊，讚嘆的對她表示佩服和思念。芬親是很陰柔而不自信的女子，雖然外表條件不錯，身高夠高，纖瘦，皮膚白皙。

「如果她的個性不這麼像洗衣機剛攪過扭轉在一起的衣物，感情路應該會平順許多吧！」好管閒事的杜小悅心裡想。

「去哪邊的海？」杜小悅問。

「一個有著像盧貝松的《碧海藍天》裡一樣的海。」芬親答。

「啊！好吧！」杜小悅回。

「果真機車到不行，算了！反正還可以回到正常生活，不用進療養院就好。」杜小悅心想。

班上有許多同學的家庭並不完整，各式各樣衝擊家庭溫暖的考驗都在擊打年經的心，杜小悅其實都感受得出哪些人的家庭可能父母感情不睦、負債或者其他因素讓他們心事重重，但許多人不會說出來，想關心也無從切入。

在歡呼聲中，送走了三上，打掃後照例來了一張全班大合照，每一張臉都和二年級不太一樣了。

這時，發布解嚴髮禁的小蔣過世，全國電視黑白若干天，學校搭起了簡便靈堂供人悼念，女子們上前敬禮時，麗蓉哭了出來，嚇到其他人。杜小悅這一輩，見識了老蔣過世時的黑白電視轉播，也見識了小蔣的黑白電視轉播，都不知道國家之後會很不一樣。

三下開始，樂隊有發表會，寒假時團練得死去活來，上台時，杜小悅有種悵然之感，因為想著隔天要交的圖學作業一筆都沒動，萌生退團之意。

她真的退掉了樂隊，時間多出好多。

夏日的夜晚，操場上零零星星的幾個人，有人彈吉他唱歌有人聊心事，情情的腳卻跨在女生宿舍九樓的陽台作勢要往下跳。

芬親把她勸下來，拉到操場去跑步，一圈一圈跑，跑到汗水和淚水都分不清楚。

薛寶釵被賈寶玉甩了，青春有其討人厭之處，杜小悅很知道愛情會灼人性命，慶幸自己沒有機會和阿祥有進一步的交流。

這一年，其實是女子一生中最美麗的一年，人說十八姑娘一朵花，這一朵花的年歲，還好眾女子們都遇到了滾燙的愛情，有人無畏的走進火裡，有人在浪裡翻滾，所幸，沒有人傷亡。

矮星的暑假攝影課作業進行到打燈自拍像，杜小悅在自家三合院的側邊臥室喬了好半天，用腳架固定相機，身後的書桌假掰的擺上一本二哥買的紅樓夢，旁邊再點綴一個古味陶器，陶器口延伸出一枝活的黃金葛，一盞平常讀書做作業用的燈泡檯燈從左後方打光過來，這單眼相機自拍對焦其實需要學問，光圈要盡量縮小一點，景深也不能深，最難的是在沒有其他人可以協助對焦的狀況下，焦要對在哪裡，杜小悅參加攝影社也不是都沒收穫，因為從矮星那裡學來的有限，攝影社有一搭沒一搭的知識還是有進到杜小悅的腦子裡，NikonFE2 相機比 NikonFM2 貴，因為它的快門可以快到千分之一。

「喀擦！」

杜小悅拍下了屬於她玫瑰花瓣式雋永的十八歲……。

杜小悅的NikonFE2，曾經是杜小悅的老公等級尊榮的位置，陪著她征戰了各大場域，在夏秋交際的黃昏，廣闊的稻田剪影接續藍粉橘漸層色的天空，杜小悅按下快門攫取了上帝的密碼，獲得科展入圍佳作殊榮。不幸的是，無知女子特愛把玩千分之一秒的速度感，把快門玩斷了，送修也是好了又斷，這位老公就暫且擺一邊了。

滷肉她們在一家店發現從班上淡出的岷哥，帥氣的當著ＤＪ，連放好幾首歌招待她們，看起來是找到喜歡的生活方式，相對於還在校有學生證名份但渾渾噩噩混水摸魚、蹉跎青春的杜小悅他們，岷哥搞不好更清楚自己要的是什麼，在學校裡不就是忍受那些道貌岸然的學者的荒謬行徑，只為了幾年後的那張象徵自己忍受得了這些的那張紙。

專三在杜小悅被當掉設計繪畫重課和五朵花理光頭上成功嶺畫下句點。

不知死活的一群，都不知道這是等同高中畢業的一年，人家都在拚死拚活上大學，這一班……唉……。

專四，
匪諜就在你身邊！

雖然年頭年尾出生不一，還是此起彼落滿了十八，外表看似熟成了一些，內心有什麼變化倒是看不出來。

小帥終於撐不住了，衝破學校規定的臨界點，退學。也算是高中同等學歷，相信歐導幫了不少忙，歐導當這班導師的最大功效就是成為小帥和獅子的貴人，班上很多在檯面下進行的事情，杜小悅都不會知道，杜小悅也沒有跟歐導說過話，縱使數學被武大刀無情的59.5分當掉，也只能自己矇著被子哭，不知道在校當官的歐導，人脈通四海，是可以仰賴的，他不僅保了小帥撐過專三，也保了獅子以翹課無極限的輝煌紀錄拿到畢業證書。

小帥當兵去了，從成功嶺下來就直接入部隊，寄信回來說日子苦到爆炸，老鼠睡在鞋子裡，還翻到整窩老鼠，母鼠把小鼠扛頭上準備要逃。於是，這一班，只剩四朵花。

這學期空堂多了一些，但重課揭開序幕，正式分成廣告組跟包裝組，杜小悅讀的藝術設計科在當時是很新的科，全國找不到幾個相似的，專任師資難以啟齒，兼任師資也很難有零星的火花，這一類活躍的場域都在台北，大學美術系來的專任師資本來就是教國高中小美術準備的，要說這個學校科系出去的學生資質不錯的話，恐怕要感謝從高職廣告設計科或美工科升上來的二專生帶來的極度刺激，但這些二專生讀的書又沒有五專生多，術科卻是強上百倍，創意和內涵可能還是五專生好。五專生的專業訓練是在自我領悟和同儕學習中推進的，從一年級到四年級，術科已經習慣糊里糊塗的過，石膏像擺在畫室中間，班代交代幾句，也可能連一句都不用交代，就大家愛動手就動手畫，不愛動手就翹課、聊天，好像是把一群人集中在這裡什麼事都不做混時間，然後讓學生不斷的交作業有成績就可以了。當然不是所有的老師都這麼明目張膽，只是等級的差別，有人拿手不會教，像令狐沖，有人不拿手很努力教，像咚咚、山水、矮星，有人拿手不肯教，像迴秋、美金。至於亞亞，實在不知道拿不拿手，因為她到底有沒有在課堂上講過課都沒有人有印象，真的就是找班代去科辦交代個幾句，回來傳幾句話就交差了，好像連作業也沒有，反正那時候杜小悅班超頹廢，少一個老師來煩、少一項作業，更是好。

亞亞的作用是幫這班調和了成績，免於被令狐沖亂當，專三亞亞換成美金後，令狐沖就真的發了傳說中電風扇吹作業打分法的功，把幾個術科其實還不錯的人當了，魚魚哭了一大水缸的水，錦雯一臉矇。

離騷：

・猜謎活動，猜對有獎：

外國比國內長，女人結婚後才可享用。

男人與生俱有的。

BAD 9.23

不知道為什麼，離騷又回來了，第一筆是光仔的留言，灑下成年後的首發黃色煙幕彈。

離騷的回歸，暗喻了什麼？這群廢材回到教室上課了嗎？或許吧！荒唐的專三生活的代價是，當初跳船重考的那些人都上了理想中的大學，杜小悅讀女中的同學考上台大外文系，讀二中的考上台大數學系，讀一中的考上陽明醫學系，還有……

算了！越說越厭世，不說了！

・開學一週了，雖無作業壓力，卻感到相當的無力感，腦袋空空，裝不下所有的東西——疲勞轟炸嘛，每天和 Fat Autumn 對抗。誰來救我……，只希望這學期的活動都能夠 safe 通過，而我的功課能 all pass 即可……。唉，SOS help me

汝

汝汝和假敵貴知以懸殊比輕取科會長，貴知是陪著演出角逐科會長的競爭對手，她根本無心戀戰，心想還是談戀愛早早畢業嫁人比較實在。

廣告組和包裝組的分組近程計畫是為了每年去台北世貿中心的新一代設計展大拜拜，遠程是希望學生畢業後進到業界可以開啟這項職業生涯，幫台灣的經濟奇蹟再添一筆，其實杜小悅她們很愛看的廣告影片，就是跟這一科讀的東西相關，只是師資真的很鳥，又怕從台北聘這類專業師資來授課，自曝其短，所以採取封閉、愚民策略到底。

前頭說過了，這所學校偶爾會被雷打到，讓杜小悅不可思議到極限，就是不知道為什麼，學明樓來了一個廣告導演演講，他是盧昌明，司迪麥廣告導演，這絕對和藝設科沒有關係，和某位臥底在這個盤根錯節爛草堆人士有關，只是他不能見光，一見光就會鋒芒太露，死無葬身之地。

老芋頭當校長的輝煌時代，可能這是夕陽餘暉的殘筆，因為他要退休了，恐怕臥底的那位要志不得伸了。

杜小悅選的是廣告組，因為她看了太多電視和漫畫，以及二哥無心插柳餵養的雜七雜八ＶＨＳ電影，影像基因已經潛藏在骨子裡，真要說理由也不是這麼好聽，主要還是她對包裝沒興趣，二選一順水推舟的選擇而已，但也是有一個很堅固的原因，她很喜歡看廣告片，在那個廣告比電視節目好看的年代，人們不再廣告時間去上廁所，而是討論著廣告裡的涵義，念著朗朗上口的Slogan（文案標語）。

「我有話要講。」

「幻滅是成長的開始。」

「貓……，在鋼琴上昏倒了。」

意識型態廣告刷開了廣告表現形式，紅了文案許舜英、導演盧昌明。一個美麗女子追著一個帥帥的男士，突然那男士變成一尊石膏像，隨即石膏像爆裂。旁白：「幻滅是成長的開始。」

這說的就是鬧鬧對呂勘的感受；還有魚魚對張洪量，其實幻滅並不一定是負面說詞，幻滅有時候是自找的，沒有幻就沒有滅，當杜小悅知道這個道理的時候，應該是這班的花兒們長鬍鬚的時候，意思是很久很久以後了，因為她也是不敢面對現實的幻想鬼，不玩最偉大的幼稚鬼。

盧昌明的演講，讓杜小悅更篤定自己選廣告組是對了，也埋下了插班大學的種子，因為那些廣告都是在台北拍的，得找個名目去台北……。

離騷：

・一隻公烏龜和一隻母烏龜在晚上約會，公烏龜回家前，母烏龜對他說：「明天早上打電話給我。」結果第二天公烏龜打電話給她時，她的家人說她還沒回家，為什麼母烏龜還沒回家呢？

・特級笑話！有一名男子名十全，有一名女子名十美的人，有一天他們結婚了，十美說：「我終於抓到你的把柄了。」十全說：「我終於抓到妳的漏洞了。」（看不懂者請勿問別人）

怡

・良心Time：說句老實話，其實教我們班的老師都很可憐，既要外表英俊美麗又要幽默風趣、善解人意，又要學高八斗、滿腹經綸，又得教學認真、課程輕鬆……，以至於從一年級到現在仍然沒有一位老師能不受我們欺凌辱罵，我們似乎也沒有真正喜歡上某一位老師，我想，或許、大概、可能似乎也應該也讓自己好好反省一下自己吧！畢竟是四年級了，也該稍微成熟一些了。

P.S 看不爽者請別打我！

杜小悅廣告課和桂枝一組，四月一日愚人節出生那位，桂枝和麗蓉是閨密，所以當廣告組老師上課又放牛吃草時，她們就跑到包裝組串門子，包裝組的氣氛總是和樂而溫馨，在地下工廠用粗紙磨石膏模型，老師也不知到哪裡泡茶聊天去了，那幾個選包裝組的女子就像鄰家大嬸，手上磨著，嘴上聊著。

「妮妹！妳記得今天把專二的作業拿回去令狐沖家，否則他又要碎碎念了。」說話的人是美珠。

「喔！好！」妮妹答。

「令狐沖家？」杜小悅下巴差點掉下來的說著。

「對阿！我們班一直都有去令狐沖家幫忙妳不知道嗎？妮妹、麗如、文慧、武仔、美珠都去過！」桂枝說。

杜小悅下巴仍掉著搖搖頭。

「大家不是很討厭他嗎？」杜小悅說。

「還好他沒找我，要是找我，我也不敢拒絕，拒絕會被當掉吧！」桂枝回。

專四的現在，講的是從專一就開始的事情，而杜小悅現在才知道這件秘辛，連後來跟班代錦雯求證，她都不知道這件事。

杜小悅智商雖只有99，但這種感受力的事情不太需要用到智商，她的露西指數又往上攀升一個百分點。

上國文課時，翹課人數難得只有1，也就是那個最需要被當卻沒被當的翹課王，獅子，其他人都到了。

杜小悅認真的琢磨桂枝給她的名單：妮妹、麗如、文慧、武仔、美珠，和被令狐沖當掉的幾個名單：杜小悅、錦雯、魚魚、芬親、麗蓉、倩倩……。

杜小悅想出脈絡，恍然大悟，用力拍大腿說：

「我知道了！」

這一喝太大聲，全班都轉過來看她，這學期國文課是老屁股上的，一個經歷過國共內戰時差點被槍決的老芋頭，他住在學校旁的教師宿舍裡，孤家寡人種了一園子紅棗，挖了又長，長了又挖，難以除根，他說他在大陸逃難時本來排排站等被槍決，槍掃射時後面那一排的人個子高，中彈後往前倒，把他撲倒在地，大概殺人的都殺紅眼了，沒注意到這細節，他就死裡逃生，來到台灣。

老屁股正在講司馬遷的史記，聽到杜小悅橫空一喝，頓住，不在意，又繼續講：「作者司馬遷以其『究天人之際，通古今之變，成一家之言』的史識，對後世史學和文學的發展皆產生了深遠影響。《史記》首創的紀傳體撰史方法為後來歷代「正史」所傳承。《史記》同時是一部優秀的文學著作，魯迅稱其為『史家之絕唱，無韻之離騷』。」

「我們設計繪畫會被當，不是電風扇的錯，是有人提交名單給令狐沖。」

下課後，杜小悅找錦雯去吃剉冰，說給錦雯聽，杜小悅吃蜜豆冰，錦雯吃紅豆牛奶冰。

「誰提的名單？」

「麗如！」

「怎麼說？」

「用刪去法，妮妹、麗如、文慧、武仔、美珠。」

「嗯！」錦雯果斷的同意杜小悅的推測點點頭。

杜小悅這一班從專一的傻愣到專四開始懂人情世故，超過一千天的相處，誰的脾性不能說百分之百摸得清，但如果是比較特殊的，是難不倒智商139的，雖然由智商99的杜小悅提出來，但經過智商139的錦雯認證，肯定是錯不了。

要說賣友求榮或興風作浪，不會是像鬧鬧那種樹大招風的，也不是一些鄉下村姑或中規中矩的、一根腸子通到底的人做得出來的，麗如是那種惦惦吃三碗公飯的人，放送著汪精衛漢奸的磁場，貫徹聯合主要敵人打擊次要敵人、少一個對手是一個的經驗值，如果是專三以前的杜小悅，是不可能想到這條思路來，但經過勾心鬥角的樂隊接班人之爭薰陶後，也看懂了人性三分，這方面錦雯是很理解的，只是牡羊座個性，並不愛琢磨這種不光彩的事，錦雯在愛情上無能為力，在許多地方也就以此類推，雖然自己也很清楚自己那麼強的術科能力還能被當，必定有鬼，只是沒找到線頭，杜小悅一說，全都豁然開朗了。杜小悅、錦雯、魚魚、芬親、麗蓉、情情設計繪畫還算強，縱使有一張作業沒交，也不至於淪落到被當，她們只有一個共通點，就是當初都參與了學明樓後面的密會，要幫滷肉解決「泳裝事件」的窘境。而這些名單，令狐沖不會自己知道……。

令狐沖不為難滷肉，反而為難這些古道熱腸的人，不去當匪諜頭子真的是可惜了，自古以來，犧牲的都是烈士，少有君王，每一屆的國文老師都沒有提到這個，很不應該。

杜小悅終於明白，專三時，令狐沖為何一度認真刁難她和其他名單內的人，怎麼畫他都不滿意，專一時第一次設計繪畫成績出來，很快就被發現電風扇原理，學號五的同學一律八十五分，學號六的同學一律九十分，也有倒楣的學號二的同學只拿六十五分，但起碼沒有人不及格，令狐沖的瘋狂行徑完全是藝術家性格，藝術史課有提到梵谷和高更，應該類似他那樣，他真的不適合當老師，話說回來，這個學校，有幾個適合當老師的？至於這些烈士名單是令狐沖伸手跟麗如要，還是麗如主動獻上，就不得而知了，後來聽說這回事的情情，感到氣憤，私下把當初有去令狐沖家幫忙的人提出來問，麗如除外，比對那些人的說法後，也證實了杜小悅的推測無誤。

還好已經是四年級，終於沒有設計繪畫課，不會被擋修，否則五專就要讀成醫學院了。

班上的黑洞雖深，但也還是現形了，錦雯說算了，但二專那邊並不想算了。

老芋頭校長退休後，好日子就到頭了，因為來了一個師專體系的拘謹古板校長，砍了很多自由奔放的計劃，包括恢復課堂點名，還有很多社團和課外活動，像電影放映跟名人講座都收攤了，校園突然沉寂不少，令狐沖的荒謬行徑在沒什麼社會經驗的五專生這邊還可以發揮，二專生是各路人馬來的，有的已經在社會上闖蕩一段時間才考進來，有的可能在國中或高職時就揍過老師，怎可能放任令狐沖精神凌遲，下學期的畢業典禮，二專那邊全班頭上都綁了黃巾，黃巾上寫了「掃令狐」，攻佔了禮堂的第一排座位，校長致詞完畢後，全班一起站起來往外走，給新校長洗臉。

杜小悅還蠻喜歡金庸筆下的令狐沖，相信大家都喜歡那個角色，只嘆此令狐沖非彼令狐沖。

二專曾經上書給科裡，要科裡管管令狐沖，沒有回應，只好往高層陳情，新校長回了一句話：「不要作怪！」

要學生做好學生本分，不要作怪。

「搞清楚！到底是誰作怪！」

很多年很多年後，杜小悅科裡的老師當上校長，教育部官員去視察時，一大疊陳情抗議書從學明樓頂丟下來，正好落在官員的面前和頭頂，一樣沒有掀起任何波瀾。

學校的一切，太無恥，這回體育課老師整學期才來過二次，其他時間康樂股長去請，竟然在打麻將，這學期修的是網球，從頭到尾沒人教，杜小悅跟桂枝分成一組對打從不二球，因為永遠都在發球，沒人接得住，之所以這所學校的學生能翹課一百天沒事，是因為教職員翹課三百天，這裡，是無敵肥缺，皇親國戚盤根錯節。

矮星說過：

「這個學校開了少數幾個缺給真正有能力的人來應徵，學校總要運作得起來啊，否則都廢人的話，就運作不下去，飯碗不就得丟了。」

應該很奇怪他在什麼場合講這麼中肯的掏心話，是杜小悅長大後回學校找他聊天，邊泡茶時茶後吐了真言。

這些黑事都讓杜小悅無力回天，所幸這一年，《悲情城市》在威尼斯得金獅獎，那時候很多很厲害的影評搭著電影出現在各報章雜誌上，杜小悅很奇妙的被那些文章吸引，最喜歡看黃建業寫的影評，力透紙背，引導觀眾走進電影的深處，有時候也不是什麼中時、聯合這種大報，就是專門印製了某部電影幾折頁的影評。杜小悅這輩子跟電影很有緣，藝設科全班讀完了金庸全套時，她已經墮入另一個深淵不可自拔，在電影院看了侯孝賢執導，吳念真、朱天文寫的《悲情城市》後，就發現生命真的找到了出口、翹課的端正理由，這種撫慰人心的能量她認為連劉德華都沒得比。因為跟電影特別有緣，所以也不知道哪來的訊息，讓她知道復興路的西華戲院有三片一百元的二輪片好康，以前泡在樂隊的時間，現在都拿來泡在戲院裡，《布拉格之春》、《柏林風情畫》、《羅丹與卡蜜兒》三片一百，看得人如痴如醉，電影和電影之間會休息一下讓人去上個廁所、喝喝水、伸展一下筋骨，然後再戰第二部，三部看下來，一整天上課天差不多就過了，好笑的是，燈一亮，旁座的都是學校裡的熟面孔，愛電影的就那幾個，這種時間點當然只能是給學生翹課來看，杜小悅想，這幾個人在電影院上的課遠勝過那個爛學校。

杜小悅買了記事本，寫下每一部電影的觀後心得，欲罷不能，有時候在黑暗的電影院裡就著電影銀幕反射微弱的光寫，熱情如火。

離騷：

・本年度遲到翹課大王前三：獅子、阿勳、杜小悅。

也因為如此，杜小悅早就把阿祥放到邊邊角角的櫃子裡待著，也真奇妙，自從英文課一二三木頭人轉身看不到人之後，阿祥就消失得徹底，在校園裡外通通都沒有再看到一丁點身影，反正幼稚鬼杜小悅也不可能去打聽阿祥發生了什麼事。

獅子一滿十八歲就被黑道帶到酒家陪酒，常常抱著胃在抽筋，本來消瘦的身形更瘦，如果走在大港路某個閃亮亮的酒家前，大樓的風一灌，恐怕要被吹倒，下學期畢業製作開始分組，麗蓉的包裝組收了獅子，和杜小悅、桂枝一組的廣告組搭配，全組都很有默契的cover（掩護）獅子，尤其麗蓉，幾乎都自己扛起，一人做兩份，很有大姊風範。

至於阿勳，為什麼名列第二翹課王，簡單來說，她應該適合念哲學系，她是用很超然的態度看大家緊張兮兮的事，形上學不是誰都能理解的，杜小悅翹課的地方在戲院，阿勳翹課去哪兒，一直是個謎……。

反正這一科，如果不用世俗的觀點衡量，人才是挺多的，還記得剛入學時的智力測驗嗎？杜小悅班拿到全校第一耶！如果國家分派了適當的師資給這一科，才不會變成放牛科呢！

分組課，錦雯、章章、杜小悅、芬親、柿子在廁所巧遇，邊洗手邊發牢騷，無非是咒罵這個虛無的體制強迫人虛度光陰，以及把科裡的老師都咒罵一輪，在一片唉聲嘆氣中，柿子做了總結說：

「這不生不死、混吃等死的日子還要過多久？」

「一年半！」

回應柿子的聲音是從第二間廁所發出來的，眾人驚慌，噤聲輕輕地離開廁所。

那聲音一聽就知道是迴秋。

離騷：

・傳說這禮拜的插畫只有八人交，很偉大的數目。（狂笑）

・笑啥！你來修插畫你就能體會我們是多麼水深火熱，算你好狗命，逃過一劫！

・可憐的設四，每個人都說我們「散」，為什麼會導致今天這種場面呢？他們可曾試著了解過我們，我們好可憐，老師！我討厭你們，你們好可惡，只會潑我們冷水，我厭惡你們。

無辜的受害者

．開會那麼多幹嘛！每次都這樣，一早來受主任科會一堂的轟炸！早餐還沒入腹！腦中尚缺氧，上了五樓來又要開會撿討，哼！無聊！

第一次畢製評圖，五專被二專打得落花流水，聽說是歷年來最難看的一屆。

杜小悅這一班剛入學時體質就不太穩固，跳船的人多，留下來的都叛逆到天邊，不像直屬學姊小董他們那幾屆總是班上有一兩個優秀到不行或惹人愛的，所以這班特別的顧人怨，看起來就不可能成大器。專四會和二專一年級PK畢業製作，科裡的老師一致認為這一班不能指望，杜小悅他們知道羊毛是出在羊身上的，二專術科實力的養成是在高職就奠立了，五專生的前三年是在這所學校這個科建立的，五專和二專術科實力懸殊，這些專任老師應該要很丟臉，竟然把責任都推回給學生。

離騷：

・說我們散，自己就不混嗎？

班代錦雯和汝汝被叫去科辦訓話，回來傳達科辦的意思，說要大家振作一點，錦雯想了一下，建議辦個自強晚會。

多采多姿而荒唐的翹課一百天專三生活是收回來了一些，追星的、戀愛的、社團的、賭博的、不知為何事的都因二專的刺激和即將到來的大拜拜（新一代設計展）而打了幾折，只有獅子身不由己，繼續為家裡賣命還債。

自強晚會就訂在一個大家都忙得要死，作業擠成一堆的晚上，其實設計科的表演性質活動都比其他科精彩，起碼道具和創意都勝過一籌，莫名其妙就成軍，被指派什麼就是什麼，有一年科慶，把班上的眾騷女們打扮成各國佳麗選美，道具材質都是手邊拿得到的就用，絹印的絹布纏一纏就上台騷首弄姿，獲得滿堂彩，這一班女子的姿色是真的沒有辜負外語科票選全校第一的尊榮。還有一年迷上日本節目超級變變變，每個被指派的人不是演蘿蔔就是推車這種無生物，道具做得半死，也演得半死，還是拚不過二專的精采，只是沒有輸得太難看而已。

自強晚會一開始就是錦雯講一堆要大家振作的話，然後實際檢討了一下自己的荒唐行徑，情情他們準備從舒適的家裡搬到女生宿舍認真作畢製，其實她們的問題應該是少花些時間跟男性朋友鬼混才是。和平路上剛崛起手搖飲的祖師爺茶棧，現在名滿天下的「春水堂」就是那時候起的苗、發的跡，班上一些女生都在那裡打工，情情和前男友分了沒跳樓，很快又有了新目標，就是在那裡認識的，一樣是一中的小男生。

晚會在罵完所有的老師和學校一輪，大家齊聲高喊振作後，上演了一段怡紅院老鴇嫁女兒的戲劇，黃腔黃調開滿天，鶯鶯燕燕扭翻天，劇本是柿子寫的，把四朵花都叫來反串被逼良為娼的娼妓，過了十八歲，竟解放成如此，可能李安導演又要來客串一段：「這是中華民國五千年性壓抑的後果。」

話說，這樣的自強晚會……，能自強嗎？

離騷：

・芬親近來用功過度，近視度數逐漸增加，她說：「眼鏡太緊了！」

・近視度數排行榜：

36度——美珠

34度——文慧、芬親、柿子

32度——麗蓉、鬧鬧

30度——獅子、鵝子、妮妹

妮妹呆呆地說：

「我左眼五百度、右眼六百度耶。」

她總是裝清純，每個班起碼都會有一個喜歡坐在最前排聽課，不屑後面那些混吃等死的同儕，不喜參與沒營養的內容，想著大家越混，她越能輕取全班第一，因為如果錦雯、鵝子這些天生藝術家、創意家認真起來，早就能把妮妹遠拋於後了。

專四雖然把那些不用在課業的時間和事業收回來一些，卻也不是都回流到課業上，因為術科老師大部分都不動尊手，不示範不啟發，天才也很難有進展，這種放任自行摸索的教學方式，真的非常殘忍，所以大家也只在自強晚會那一晚稍稍振作之後就又打回原形。

「時間多了，就來打工吧！」

「對啊！大拜拜（畢業製作）要花很多錢的！」

古今中外參與過世貿中心大拜拜盛典的都心有戚戚焉，那種花費不是中元普渡等級可以比擬的。

這種在學期間的打工和寒暑假很不一樣，因為還是要到學校上課，所以不能跑太遠，不可能像二年級時跑到遠處的加工區去當女工，都就近找名目，學校旁有間儂儂百貨，平常是杜小悅夏天熱到爆時進去吹冷氣的地方，這回有了新的、更實質意義的作用，都市小孩文慧、情情、鬧鬧捎來喜訊，百貨公司週年慶，需要大量工讀生，幾乎把全班的女子都帶進去打工了，這年級空堂多，好排班，假日和晚上是大家聚集在那裡的時間，發下來的工作多半是在產品上用機器打上標有價格的貼紙，如果正在辦抽獎活動，抽獎箱那邊需要人力，也會派幾個過去，促銷活動的高潮就是「心臟病」，也就是端出特別優惠的商品讓大家搶，通常發生在週六下午和週日全天，因為那時尚未有週休二日。廣播小姐會預告幾分鐘之後在哪裡有「心臟病」，全館的人潮就會往那邊擠，這時鬧鬧和情情、文慧就會盡可能排好時間，翹班過去參與戰局，商家推出一堆衣服，廣播宣布心臟病開始，女人們一哄而上，來自各路人馬的女人各自懷有絕技，能夠出奇制勝，噸位大身經百戰的歐巴桑，不只在傳統市場撞到她們會骨折，心臟病時一樣惹不得，撞在她們厚實的骨盆腔上，就像撞在象腿上，不彈開都難。還有把指甲修得尖銳的上班族女性，手一伸出對戰，不抓個雙手血淋淋回來都難，這些悶虧鬧鬧她們幾個都吃過，早就練就一身精，凌波微步、降龍十八掌都用上了，才勉強搶到幾件可以的，回到崗位換杜小悅、桂枝去搶時，早就鳥獸散，剩下幾件怎麼都沒人挑的物件，頗悲涼。

週年慶最大的重頭戲當然是抽獎，最大獎汽車，次等電視、冰箱之類的家電，安慰獎是抱枕，杜小悅這班女子帶頭的那幾個不安分了，自從上次火車逃票事件後，這是第二次集體做的壞事，鬧鬧幾個把大家召集到廁所，一整大疊的空白抽獎券分給大家，是她們在抽獎區當班時A來的，因為量太大，自己也沒時間寫，所以就分給姊妹們，還交代不能寫自己，要寫家人親戚之類的，否則被發現就吃不完兜著走，杜小悅拿了，而且寫了親朋好友的資料，寫到六嬸婆、八叔公都還寫不完，每天分批投進抽獎箱。大家都這樣做，到了開獎那一天，也就是週年慶最後一天最高潮的時候，大廳開進來一輛紅色喜美轎車，全場驚呼，後面也擺好一些家電、抱枕陪襯背景。

開獎了！

主持人是儂儂百貨活動部的姊姊，也是招募杜小悅這群工讀生的姊姊，在次等大獎通通都抽完得主時，主持姊姊請一位有頭有臉的VIP貴賓到場中央要抽出第一大獎，杜小悅班都在次等獎項槓龜，很納悶那一大疊的作弊卷竟然都沒有一人得獎，想著第一大獎或許有譜，只見貴賓把穿著西裝袖的手伸進抽獎箱，撈出一張得獎名單，是一位婦人的名字，那婦人喜孜孜地走到場中央受獎。

「詐糊！」鬧鬧倒抽一口氣說。

「絕對是！」情情接著說。

看著主持姊姊一派清純的綁著馬尾甩動甩動，杜小悅班這群女子又參與了社會化的進程，後來聽說這種大獎通常都是假的，抽獎箱裡會有一些動過手腳的方法讓本來就設定好的名單被抽出，聽說可以把抽獎卷放進冰箱冰得涼涼的，抽獎人摸到冰的紙就知道要抽哪一張。

抱枕數量較大，沒有一一抽出，是週年慶後把得獎名單貼在牆壁上讓民眾查詢，杜小悅下課後晃過去看，六嬸婆的名字在上面，獲得抱枕一枚。

所以到底是不是詐糊，杜小悅也不太確定了，就是這麼好收買。

週年慶後，百貨公司不再需要工讀生，只好再另謀出路，杜小悅逛街時，看到一家二技升大學的補習班在徵美工，鼓起勇氣，走進去跟班主任表明想工讀的意願，班主任同意了，因為工作量不小，她找了美珠一起，補習班裡跟美工有關的海報、傳單設計、門面美化都要做，學設計的終於務了正業，兩人很是篤定而開心，當時最流行的是寫POP，這時候是剛放榜時期，補習班正在盤整新的行銷策略，所以會需要大量的ＰＯＰ，例如師資陣容，開課名單、榜單等等。

補習班有幾個坐櫃台的工讀生，比杜小悅她們早在這邊工讀，有道光商專的美智、剛考上台北工專二技的城中、剛考上明志工專的阿良，和一位淡江大學的姊姊，大學比專科開學晚，所以淡江姊姊尚未北上就學，城中和阿良對自己考上的學校非常滿意，一股高昂的磁場，把妹也有籌碼了，這年，杜小悅的小董學姊如願考上台大人類學系、樂隊的室外指揮君佩學姊考上中興會計系、合唱團指揮學姊考上輔大國貿系，傳來的捷報隱隱刺激著杜小悅和幾個有感覺的同學，杜小悅還記得《悲情城市》的配樂和畫面是如何撼動了她的靈魂，她沒有放棄要接近電影的夢，首先要先考上北部的大學，在全班都把畢業製作當成命一樣在拚時，杜小悅的心早就飛到遠方了。

大學的暑假要結束了，開學前夕，中年慈愛媽媽模樣的班主任說請大家吃飯，安排當天晚班休息，下午時分，城中和阿良就釋放出一種不安的氣息，蠢動來蠢動去，在這段打工期間，杜小悅很明顯的感受到這兩位賀爾蒙失調的男性對美珠稍熱情，也偶爾會把胸部大小的黃色笑話掛在嘴邊，比起杜小悅班寫在小札上的黃色笑話，這邊還是比較露骨的。阿良掏出準備的全新皮鞋換上，穿得趴哩趴哩顯然是有備而來，城中在一旁洩漏阿良心事。

「阿良今晚要追求一位美女！」

杜小悅和美珠面面相覷，頭上一堆問號，怎麼平常那麼不顧形象醜態盡露的阿良還敢追求我們其中的一個？

城中看向美智，杜小悅恍然大悟，做出了一個 realize 的表情。但看出美智很不安。

「我晚上有事，不能去聚餐了。」

美智快速整理好包包，拿了東西就起身走人了，留下錯愕的阿良和一行人，這時杜小悅才發現美智的胸前也很有料，可恥的是，阿良竟然轉頭看著美珠，杜小悅跟美珠打了一個哆嗦，美珠拉著杜小悅快速走出補習班。

「不好意思，我們也有事！」美珠說。

「啊！可是我想吃大餐啊！」杜小悅說。

杜小悅就這樣漏失了一頓吃大餐的機會，因為她是太平公主，發育緩慢，所以在阿良跟城中的眼裡，不算是女的。

淡江姊姊離職之前跟杜小悅、美珠約定好，長假時可以去淡江找她玩，長假這種事對杜小悅來說還難得倒嗎？平常日就是長假，一點都不違和，算好日子杜小悅和美珠就溜到台北去了，這件事沒有跟班上說，和平常翹課規矩一樣，誰失蹤都跟喝白開水一樣的自然。這年代的人很單純可愛，萍水相逢就能到別人家住的默契，杜小悅常幹這種事，專二練樂隊常夜不歸營，有一次樂隊大學姊結婚，請大家去吃喜宴，當晚鬧太晚，一行人把學姊宿舍都睡滿，連浴室門口都有人睡。

杜小悅和美珠到淡江，照例打擾淡江姊姊的宿舍，是個男女混宿的雅房，當時盛傳淡江有個同居街，淡江姊姊這邊倒是沒有看到同居的影子，有一個男性室友每天都把眼睛黏在客廳小電視前面看電視，這天他還邊吃龍眼乾邊看電視，猜想應該是南部上來念書的，龍眼乾是從家裡帶來的。

「請問你為什麼看電視要離電視這麼近？」杜小悅終於鼓起勇氣問。

那男子還是一口口把龍眼乾往嘴裡送，很小氣，都沒問杜小悅要不要吃。

「因為我要增加眼睛度數啊！到了合格度數，我就可以不必當兵。」

那男子連看杜小悅一眼都沒有，邊吃龍眼乾，邊看電視，邊回話，好像很擔心度數來不及增加一樣的把握時間。

遊玩了幾天淡水，淡江姊姊說大學裡有座電梯看夕陽甚是美麗，果不其然電梯緩緩上升時，有幾度夕陽紅的詩意。阿給跟炸蝦都吃了，覺得還好，名過其實，一個下午走在淡水碼頭，突然大漲潮，狂飆的浪直拍海岸旁的店家，甚是驚悚，還好杜小悅幾個站的地方可以很快撤走，這景象，好幾年後想起來都不知是夢境還真實，很達利，應該是當時堤防還沒建起來吧！。

把人打擾夠了，要返家前一晚，淡江的姊姊說要去排隊選課，半夜出發，杜小悅覺得新奇，升上專四，開始有選修課，但都是很不自覺之下二選一的簡單哲學，可選項目不多，不是青菜就是蘿蔔，絕對沒有需要排隊搶破頭這種事，杜小悅和美珠執意要跟淡江姊姊去見識一下，淡江姊姊拿著洗臉盆帶著她們走迂迴的山路，說是捷徑，烏漆嘛黑的山路如果是淡江姊姊一人走應該會有事，但她真的不怕，說以前真的有曝露狂出沒。

走了好久，終於到該到的地方，那地方好像是體育室，門口已經擺了好長一條鍋碗瓢盆。

「哎呀！這麼早來都不夠啊！」

淡江姊姊把洗臉盆擺上去，帶著杜小悅和美珠走原山路回宿舍，那是體育課選課，聽說每學期都來一次，要選到心目中的選項就得這麼做。

離騷：

・摸妳（莫名）我就喜歡妳，深深的愛上妳，沒有理由，沒有原因……。

張洪量〈妳知道我在等妳嗎？〉

・告訴我愛要怎麼做？愛要怎麼說……。

伍思凱〈愛要怎麼說〉

・男人的解釋是——禍根
女人的解釋是——禍水

・覺得看小扎好像是在看一本黃色笑話全集。

・我家4月28日請客喔！星期五！if你們沒有插畫的壓力or想甩開插畫的夢魘，汝汝的家可借你們避一避喔！

・流水席排行榜：
最黃的——情情家（脫衣三姊妹）
最吵的——桂枝家（歌仔戲團）
蒼蠅最多的——武仔家
最無聊的——汝汝家

從淡江回來後，班上的新鮮事就是繼專二流行水痘後，開始流行德國麻疹，這回有個指標就是連號，妮妹座號二十八，她出完後接著二十九號獅子接棒，然後是芬親三十號，尚未接手的三十一號杜小悅，挫勒等。

德國麻疹似乎比水痘難纏，看那些苦主腰酸背痛臉色難看就知道不好過，就在杜小悅準備受死的時候，似乎止住了，班上三連號詛咒的咒語破解了。

「謝謝天、謝謝地，從今以後，我一定努力讀書，做善事，說好話，絕不翹課，絕不夜不歸宿，惹長輩生氣……。」

杜小悅為了這驚天動地的恩賜而幡然醒悟，但其實撐不過幾日，她的從今以後指的是從今開始、以後結束。

科裡突然空降一位助教小先，剛從大學美術系畢業，新鮮貨在這死氣沉沉的師資陣容裡算是沙漠裡的一棵仙人掌了，長得不是很帥但夠高，一開始就引起眾女子的注意，他跟美金很要好，應該是大學直屬學長學弟之類的關係，二專、夜間部也都有女生喜歡他，但他還算老實，一開始就坦承有個女友在德國讀書，當時民風挺保守，如此明志真能遏止一些癡情的女生黏上去，只要界線把持得好，出事的機率應該不高。

插畫課把大家操得死去活來的美金，某天突然大發慈悲說要請這班的人去他剛裝潢好的新家吃飯，不知是從哪一個人為起點，沾黏了一群人就去了，杜小悅莫名其妙在其中，她根本沒修插畫，可能是在路上迎面被正要前往的同學撿到，傻傻的就跟了，美金的新房在學校正門大馬路的對面，玫瑰唱片行隔壁的樓上，學藝術的人果然把房子打造得很有設計感，從廚房跳出扭腰擺款的小先，這些美術系的男性真的很少不陰柔的，杜小悅班花之一的章章，似乎刻意打扮過，章章的皮膚吹彈可破，兩頰面帶自然粉暈，身材穠纖合度，姿態端正，剛入學時一票村姑穿上膝下三公分的大學窄裙套裝都土不啦嘰，只有章章能把這種慘絕人寰的服裝撐起來，就像馮小剛的電影《芳華》裡挑選過的那些女子一樣，科慶表演的荒誕劇《大嬸婆嫁女兒》也讓她穿起戲劇社道具服旗袍，白嫩的肌膚襯在暗紅布料的旗袍裡，不要說男生看得直流口水，女生也覺得賞心悅目，這一露，還真發現這班女子真是轉大人了。

杜小悅心裡其實知道章章對小先有意，小先應該也難以抗拒章章的魅力，言談眼波流轉之間感覺有些什麼，但之後沒有再傳出後續，青年男女各自歸位，頂多跳個恰恰探測一下，當天美金放了大陸的動畫給大家看，這時候的中國還很壓抑，科裡難得來了一位留學日本的師資方芳，也是教學最有料最認真的一位，可惜杜小悅只有在畢業後補修的藝術概論短暫讓她上了一點課，光那一點時間的課就足以抵科裡上五年不知所云的相關的課，她說在日本念書時有中國去的留學生，所以知道當時中國的美感非常讓人不敢恭維，設計概念是零，什麼都很醜。但她應該不是指動畫這一塊，因為美金在他家放了不知從哪裡偷渡過來的動畫《牧童》、《三個和尚》，眾人看了都永留心坎裡，說美學有美學，說幽默有幽默，說故事有故事，音樂還下得特別精準，整體的內涵擁有超級撞擊力道，科裡的老師就是有東西，也都省著用，吝嗇帶給同學更多，不知道大學美術體系的課綱是不是有一則教學藏步心法。

雖然一九八七年末，兩岸開放大陸探親，能過去的人還是少，限制還是很多，早期寫民歌〈龍的傳人〉的侯德健突然消失，聽說去了中國。

專四，一九八九這年四月天安門事件爆發，媒體報導甚多，國家傳來一個命令，要全國學生到定點集合，同一時間聲援天安門前集會的人，時間是盛夏，全校學生正中午被集合在操場，天上的白雲飄來飄去，因為訊息來得太即時，沒有人準備帽子或洋傘等可遮陽之物，汗如轉開的水龍頭一樣滴個不停，這時雲若飄到太陽底下遮掉一點陽光就很欣慰了。

學校決定讓學生步行到附近的大型體育場集合聲援，浩浩蕩蕩的隊伍行進間，一路有女生中暑倒下，到了體育場，動線安排得很亂，全市的學生都來了，根本來不及擠進體育場，主持人草草讓大家呼喊口號就宣布散會。

隔天，六月四日，天安門武力鎮壓，杜小悅家開的中醫診所長椅上放的報紙頭條是人被坦克輾壓成肉屑的照片，當天看了報，吃午餐的人蠻多都吐了。

這一年，在忙碌的夾縫中還是辦了全科歌唱大賽，杜小悅被拱著報了名，專二時一樣被亂點名，莫名其妙代表班上參加朗讀比賽，很認真的做出浪漫詞人柳永的〈雨霖鈴〉詩詞意境中的表情，大小聲都有經過精心設計，竟然讓台下的評審笑了出來，杜小悅也不是完全不懂，小學時朗讀比賽是得過第三名的，不知道那些評審的笑點為何？杜小悅仔細注意到評審和企管科班花眉來眼去，這個比賽是在小教室裡舉辦，才幾個人參加，草草的就決定了名次，黑箱得厲害，恐怕那笑是笑當時杜小悅班的國文老師，自古文人相輕如此而已。這次的歌唱比賽，杜小悅又被拱報名是因為專二音樂課時，有點帥的音樂老師老愛找杜小悅獨唱示範給同學聽，有天他伴奏給杜小悅唱〈小雨中的回憶〉，在那個無人說得清的早課氛圍裡，萬籟都靜寂地聽著杜小悅唱，老師彈完最後一個音，脫口而出說：

「醉了！」

有點帥音樂老師也指導合唱團，是個放不對地方的人，很多藝術家放在這種鳥地方，也就是矮星說真正有實力的人，都透露著對命運妥協的無奈，令狐沖也是一個，令狐沖是最不適合當老師的，他如果沒來教書恐怕會是大放光芒的藝術家。

歌唱比賽前，杜小悅已經花時間先練習過，唱的是黃鶯鶯的〈留不住的故事〉，張曼玉和周潤發主演的電影《玫瑰的故事》電影主題曲，繼專一剛加入樂隊時，把小號帶回家練習吵死左右鄰居後，這回是不斷的練習唱這首歌再度吵死人，杜小悅去玫瑰唱片行買了卡帶回家放著學，聽到都捲帶了，感覺勢在必得。

主持人是錦雯，大家都期待杜小悅的歌聲再度讓人「醉了」。

音樂起……，杜小悅唱……。

許多從來不曾在乎的事
如今慢慢地交織成
交織成一張無邊的網
層層地把心網住

……以下空白。

杜小悅忘詞，一忘到底，錦雯在旁邊提詞也沒用。

離騷：

．鞭炮聲此起彼落，為五年的課程寫下一個休止符；明年——明年該我們了……。

P.S建議明年將水鴛鴦放進科辦公室。YA！

這一學年的尾聲，色彩計畫老師邀請大家去他的工作室看看，位於台北，所以大家又浩浩蕩蕩北上，到了目的地已經是深夜，老師是兼任的，在設計界頗有名望，他展示了剛開發完成的瓷娃娃，拷貝了一九八八年環球小姐冠軍，泰國佳麗的身形臉蛋，甚是完美，當屆的環球小姐競賽是在台灣舉辦的。

老師的助理是前幾屆的畢業學姊，身形豐滿而微胖，熱情招待大家鋪毯子睡地板，年輕歲月就是睡遍各家地板為印記。

「請問有枕頭嗎？」桂枝怯怯地問。

雖問得小聲，老師耳尖聽到了。

「喔！學姊最適合當枕頭了！」老師回。

雖然這班常在小扎裡寫黃色笑話，雖然有人已經偷偷談戀愛也已經嚐了禁果（杜小悅偷偷懷疑），但這麼露骨的表白還真的嚇到這群自以為講講黃色笑話就成熟了的小孩。

全場靜默，沒有人敢搭腔，學姊尷尬卻眉飛色舞的……。

杜小悅的
異想
1985

專五，

火車已漸漸起行

一九九零年尾，林強推出《向前走》，在這之前一年，杜小悅還在畢業製作裡醉生夢死，她不知道她的生命將因為這首歌的慫恿而產生莫大的變化。

阿祥，到底去了哪裡？杜小悅從未忘記他，只是不知道他為什麼在地球上消失了。

這種不明不白沒有答案的懸念，總是無法忘懷的。

這年在學校的時光全都在準備畢業製作大拜拜中消磨，杜小悅沒有忘記要準備插大，美珠、鵝子、情情、鬧鬧、妮妹……，一堆人都有準備，鬧鬧和情情又開張黑心事業了，這回落點在外語補習班，這種補習班都集中在火車站附近，可能方便名師趕場，情情進到這家補習班當工讀生後，找到一個方法賺更多錢，就是偽造補習證，一張大頭照加五百元就能拿到無限次聽課證，雖然五百元對杜小悅來說也是不小的數字，想到電影的理想，還是咬牙投資了。

真正開始上課後，英文已經因專科五年都荒廢了，程度比國中剛畢業衝聯考時還差，銜接上這種托福程度的課，根本鴨子聽雷，完全吸收不了，這種輸在起跑點的沮喪又再度翻騰。杜小悅打聽到剛考上大學設計系的學長，她鼓起勇氣跟他聯絡，對方很好心，給了很多誠心的建議也慷慨的把專業科目的筆記借給她，就這樣夾在畢業製作和插大中同步前進。

學長說共同科目國文、英文還是去補習班補一下，所以忍痛繳了國文科的補習費，那種插大專門的補習班真的太可怕，偌大的教室擺的桌椅都是一小條一小條的，還好當時經濟條件不是那麼優，胖子不多，否則沒有一個胖子可以擠進那一小條椅子，補習班如此是為了能在一間教室擠下上百人，杜小悅為了尿急能上廁所都刻意晚點到，塞在最後面的門邊，門口也還有人，真是慘絕人寰的死要錢補習班。

補習班都會排幾個名師讓人點選上課，口碑是一個關鍵因素，有個叫萬子軒的，一看名字就有心機，萬萬學子幫忙宣揚，不就是口碑的意思嗎？補習班的老師都不是本名，取的藝名也都透著國學基礎，很多吃他魅力的女學生都搶第一排痴痴的崇拜他，和鬧鬧追求呂勘時異曲同工，國文老師吟詩作對話唬爛再講起笑話就累積了全國粉絲無數。杜小悅雖然擠在門邊根本看不到黑板寫什麼，笑話還是聽得清，萬子軒對他自創的「末世哲學」很自豪，他紅到北中南趕場得搭國內線飛機才趕得上，所以他說：

「當飛機亂流時，感受到生命危險，只有一個念頭，就是抱住最美的空姐，這樣死了也才無撼，這就叫末世哲學。」

不知道為什麼這樣的說法也能電到前幾排的粉絲，發出怯怯的笑聲。

那老師膚色顯白，偏瘦，應是不見天日，上課過度所致。

獅子家裡的債務還是龐大，她的青春已經在債務中消耗大部分，因為獅子座好面子很堅強，班上少憂少慮的人很難體會她的痛苦，杜小悅其實難以想像這樣的苦要怎麼扛，自己賺的工讀費都養不活自己了，遑論要幫全家還債。

專四，是畢業製作前導預告，專五才是真正走入戰場，一學期之後就要準備上台北世貿大拜拜，之前都只是發想跟草稿階段，這回要落實實際執行了，因為畢製太重要，學校排課僅零星點綴幾門選修。大半的空堂都是給人開會用的，杜小悅這組每次開會都要等上好幾小時才湊得齊，從邊陲鄉鎮搭公車到學校需要一個小時以上，錯過一班車就要等很久才有下一班，聽說不是杜小悅這一組如此，其他組也是一樣，獅子不必出席，她有難處全組都罩她。

杜小悅這一班一直不得人疼，所以畢業製作也在一片虛無中度過，雖然武仔死命的拚到了ＶＩ（視覺識別系統）的主視覺設計，壓過了二專，但畢製各組還是欲振乏力，廣告組的指導老師城府頗深，一些以前表現得不錯先入為主的名單都記在心頭，她就只指導那幾個，其餘看不上眼的都吝於開金口，放牛吃草，杜小悅這一組就是吃草組。

畢製在下學期的新一代世貿大拜拜後落幕，山水這年接了這班的導師，所以要帶畢業旅行，目的地是墾丁，中途經過溪頭過夜一晚，遊覽車上少不了要唱歌，離情依依催化下，大家拱花仔向文慧表白，這段陳年緋聞已經從專一傳到現在，文慧跟錦雯要了麥克風，唱了一首〈夢醒時分〉。

你說你愛了不該愛的人　你的心中滿是傷痕
你說你犯了不該犯的錯　心中滿是悔恨

你說你嚐盡了生活的苦　找不到可以相信的人
你說你感到萬分沮喪　甚至開始懷疑人生
早知道傷心總是難免的　你又何苦一往情深
因為愛情總是難捨難分　何必在意那一點點溫存
要知道傷心總是難免的　在每一個夢醒時分
有些事情你現在不必問　有些人你永遠不必等

花仔接過麥克風，唱了〈妳怎麼捨得我難過〉

對你的思念　是一天又一天
孤單的我　還是沒有改變
美麗的夢　何時才能出現
親愛的你　好想再見你一面
秋天的風　一陣陣地吹過

想起了去年的這個時候
你的心到底在想些什麼
為什麼留下這個結局讓我承受
最愛你的人是我 你怎麼捨得我難過
在我最需要你的時候 沒有一句話就走
最愛你的人是我 你怎麼捨得我難過
對你付出了這麼多 你卻沒有感動過

很多很多年以後，花仔娶了滷肉，才知道滷肉從專一就喜歡花仔，但她一路都有交往的對象，等於是把喜歡花仔的心思都藏在心裡，也可能是大家一直鬧花仔跟文慧一對，滷肉無法採取行動。文慧一直不願意接受花仔，滷肉畢旅之後才向花仔表白。

另一對更是令杜小悅傻眼，一直像大仁哥圍繞在汝汝身邊的武仔，一路暗戀汝汝，小札透漏了情意，只有武仔自己知道，他用很多流行歌曲名串成一篇詩篇。

離騷：

．四年多來，我依然是個「單身貴族」，並非我不想有場「戀愛夢」，只是我不敢，「十七歲女孩的溫柔」是我「夢寐以求」。幾年前「大約在冬季」，「偶然」間發覺妳是個「不一樣的女孩」，造成我「心靈的悸動」，從此「妳的樣子」盤旋在我腦海，只要和妳一起做事，就覺得「神采飛揚」，這個「秘密」我「從來都沒有」對人說，即使直到「戀曲1990」妳還是「我最愛的朋友」，我「不能說出妳的名字」，因為「我有我的原則」，一切就讓「生命去等候」吧！或許「想妳是我的錯」，但我「依然想妳」。

直到汝汝嫁給別人，武仔都不敢表白，畢業很多年很多年以後，第一名結婚的番妹的小孩都上大學了，同學會上，男已婚女已嫁，武仔還是黏著汝汝，即使武仔的老婆也來了。

有些愛情，就是無能為力。

這五年，莫名其妙的結束了，沒有人像離騷小札上寫的，去科辦放水鴛鴦……。

畢業前，不知道是誰起的頭說要訂做一支獎盃，跟以前鄉村裡的土地公牌一樣，輪流接棒，那是結婚獎盃，先頒給第一個結婚的人，再傳給第二個結婚的人，依此類推。

原本最看到好的幾個騷人滷肉、麗蓉、情情、貴知、章章都沒得第一，跌破眼鏡由番妹拔得頭籌，番妹是家中長女，很懂事，把奔放的藝術理想都壓抑給家人，她把流行歌唱得跟許景淳一樣好，最拿手的是招牌〈玫瑰人生〉。

離騷：

．在自家果園摘龍眼，很辛苦的，有次還從樹上倒吊下來，整個人就在樹上晃呀晃。

番妹

番妹的父親靠在山上種果樹維生，這種苦只有這樣人家的女兒才能體會。好像是因為生活太辛苦了，遇到一個年紀大些的避風港就決定嫁了，也不知道獎盃是怎麼給的，總之，畢業之後很多事都只能靠口耳相傳，是真是假也很難辨。

番妹的孩子也是本班的第一個孩子，她畢業半年結婚，兩年後離婚，緊追上來的第二名結婚的文慧和貴知並列，怎麼都不肯去接獎盃，所以獎盃就一直卡在番妹的夫家倉庫裡。直到大家此起彼落的步入禮堂都沒人再看過那支獎盃，杜小悅自始至終都無緣見到。

離騷：

・柿子——漫畫界大師，和藤子不二雄齊名。

・鵝子——嫁給偶像張雨生成為名符其實的張太太，理財有方，在梨山蓋了豪華鄉間別墅，開頂級跑車，鄉間別墅是本班度假聯誼的好處所，張雨生常開唱專屬本班的小型演唱會。

・章章在大型公司當富二代老闆秘書，日久生情嫁入豪門，懷孕胃口好，變成肥婆，原本穠纖合度的好身材都走樣了。

・飛飛嫁給里長，五湖四海的走動，為夫婿繼續選市議員而鋪路。

・文慧嫁給台中市建築業的富二代小開，老公很疼愛她，但是家大業大，婆媳妯娌關係緊張，變成有點神經質，還好第一胎生了兒子，稍微和緩了些。

・錦雯北上廣告業發展，成為奧美廣告的創意總監。

・婷婷成了林慧萍的經紀人，走遍大江南北作秀荷包賺滿滿。

・麗蓉接捧婆婆的旅社，擴大經營成旅館，成為城市新地標。

・獅子還清了債務，嫁給本市市長，成為城市第一夫人。

・情情和芬親合夥經營ＳＰＡ館，賺了非常多錢，分店開到峇厘島，兩人抱持不婚主義，開心就好。

・武仔被公司派駐大陸，意氣風發，娶了大陸四川妹，生了兩個胖娃娃。

・貴知太多人追求，一直擺盪在選擇障礙中，不知要嫁給誰。

・桂枝中了大家樂，辭了低薪的設計工作，終其一生環遊世界。

・杜小悅開了家樂器行，生意清淡。
・本市霧霾嚴重，伸手不見五指……。

這是留在小札最後一筆的文字，它對全班做了預言，也不知道幾十年後會對中幾筆……，章章那筆應該是忌妒她渾然天成身材的報復。

看下來，這筆預言很有可能是桂枝寫的……。

之後張雨生英年早逝，杜小悅第一個想到鵝子，不知道她會有多傷心，即使……，即使她始終不是張太太。

永遠不回頭

在天色破曉之前
我想要爬上山巔仰望星辰
向時間祈求永遠
當月光送走今夜
我想要躍入海面找尋起點
看誓言可會改變
年輕的淚水不會白流
痛苦和驕傲這一生都要擁有
年輕的心靈還會顫抖
再大的風雨我和你也要向前衝
永遠不回頭　不管天有多高
憂傷和寂寞　感動和快樂
都在我心中
永遠不回頭　不管路有多長

杜小悅的
異想
1985

黑暗試探我　烈火燃燒我
都要去接受　永遠不回頭

杜小悅有了學長的筆記和經驗傳授，成了班上唯一考取北部大學設計系的人，看在師長和同學眼中應該是眼鏡碎片掉滿地。

杜小悅的大學工學院有個學長叫姚可傑，唱紅〈永遠不回頭〉成為風雲人物，只聞其聲難見其人，終於在一個颱風天之後，全校大淹水，把姚可傑逼出來，穿著夾腳拖騎著自行車，從杜小悅身旁掠過。

杜小悅是一邊唱著林強的〈向前行〉和〈永遠不回頭〉走向夢寐以求的電影的。五專同學那些羨慕嫉妒恨狐疑的眼光，她根本無暇去想。

大學畢業後，杜小悅如願彈跳到她的理想——「電影圈」，在一家頗負盛名的電影發行公司做行銷企劃，看電影自然是她的生活，她非常滿意這種工作就是生活的人生。

離家北上的日子雖然想家苦，但擁抱理想的火熱之心淡化了許多兒女情長。

這天，美商八大公司之一出品的商業大片辦首映，雖然不是自家電影公司的片子，知己知彼百戰百勝是必要的，各家電影公司排片檔期是一門藝術，這時候的業界戰火很濃，不像現在的戲院排片主多贏策略，非萬不得已絕不互相為難，當時是硬碰硬，同類型的片子常排在一起ＰＫ，行銷手法更是使出渾身解數。

杜小悅拿到的公關票，是公司的公關尤物李蒨給的票，公關就負責在公司貌美如花、舌燦蓮花，哄那些記者跟老闆的情緒，好萊塢明星、港星來造勢宣傳時陪他們四處玩樂就可以了，李蒨的體質很公關體，和行銷企劃的杜小悅搭得天衣無縫，像末日兩朵狂花，但還不是非常資深，在業界雖表現不俗但也尚未成氣候。

戲院裡，商業大片已經開演，杜小悅和李蒨跑去採買了一大堆吃的趕不及，只能摸黑到自己的座位，杜小悅遙遙望去，得要掠過一大排的人才到得了。

因走道太擠，辣妹李蒨的大腿刮過坐著的色男膝蓋，色男擺明要吃李蒨豆腐，不肯縮腿讓過，李蒨一絆腳，手上的可樂整個倒在色男的頭上、身上，冰淇淋則整陀裹上旁坐女觀眾的臉。

「嘖……。」女觀眾發出不悅的訊號。

「對不起、對不起……。」李蒨道歉。

「怎麼了？」尾隨在李蒨後面的杜小悅小聲說，手上拿著在便利商店剛泡好的麵。

這種習慣是延續了五專時在音樂廳聽交響樂也要吃鹹酥雞的執著。

兩人好不容易到了座位上，銀幕上的浩克正發出怒吼。

電影散場，杜小悅和李蒨躡手躡腳的離開，經過售票口，看到要入場的觀眾，正想辦法把帝王蟹塞到包包裡闖關，頭先進腳伸出來、腳先進頭伸出來，都不對，一副快得憂鬱症的臉。幾個大學生模樣的觀眾被擋在門外，正努力的吞著臭豆腐和啃滷味、鹹酥雞，邊吃邊罵髒話，因為戲院緊急立了一個禁帶外食進戲院的規矩，告示牌裡洋洋灑灑規定了一堆不能帶的食物。

「我塞不進去，袋子太小了。」塞螃蟹的女觀眾向身旁男友求救。

「這是我媽從北海道空運過來的，不馬上嗑掉，電影演完就不新鮮了。」男友回。

「怎麼辦？電影要開演了！」女友撒嬌。

「給我！」

男友把螃蟹塞到自己的包包，露出長長的蟹腳，想闖關。

被剪票的工讀生攔下。

「先生，不好意思，電影院禁帶部分外食，可以參考一下告示規定。」

工讀生的手指向一旁的告示牌。

「我有說我要吃嗎？我只是先放在包包裡帶進去，不然你有寄放處嗎？你還規定人帶什麼東西進戲院嗎？」

那男友似乎讀法律系的，蠻會詭辯，工讀生被他說得啞口無言，男友拉著女友的手一溜煙進了影廳。

後面排隊的人龍也如法炮製，紛紛把吃的想辦法塞進包包或口袋裡。

不遠處有個男子在大廳咆哮。
「我不管，這件褲子是名牌限量款，被飲料潑成這樣，你們要負責。」
「先生，已經跟您解釋很多遍了，在影廳裡面的狀況我們不是很清楚，必須找到那位把飲料潑在你身上的人，我們才有辦法進一步處理，現在都已經散場了，應該很難找到……。」
戲院的經理阿冠壓抑住不耐煩跟咆哮男子周旋。
李蒨定睛一看，那咆哮男就是影廳裡讓他跌倒的色男，而那色男剛好看向李蒨，李蒨拉起杜小悅的手快閃。
「就是她！」色男脫口而出時，兩人已經跑出影城了。
杜小悅越想越不對。
「幹嘛跑？電影院什麼時候禁帶外食了，那還得了！」
「全球好萊塢、好萊塢帝國，都不能買外面的食物，只能買戲院內的食物啊……。」
李蒨果然是耳聰目明，能力自在的公關，傳播系的書都沒有白念。
隔天杜小悅就向電影公會投訴，並且請李蒨發新聞稿給記者，抗議電影院禁帶外食是為了販賣自家爆米花和可樂的陰謀，引起網路一片論戰。

台北的房租很高，大部分離鄉遊子都只租得起非蛋黃區的房子，杜小悅也不例外，她在師大夜市租了一個頂樓加蓋，主要是看中附近的藝文氣息，忍受了所有頂加的不適，包括沒有電梯，公寓老舊、安全防護鬆散……。

從東區看完電影搭捷運回住處都很晚了，這種剛從學校畢業沒幾年，在生疏的地方生活的夜晚特別孤單，杜小悅常常想起那個突然從生命登出的阿祥。

「他到底……，為什麼消失了？」

這些年，雖談過自認深刻的戀愛，可阿祥應該算是啟蒙杜小悅愛情重要的人，他的消失就像還沒奏完就嘎然而止的交響樂。

這一年，FB剛上線，讓杜小悅想起五專時的小札《離騷》，許多人在臉書找到多年失散的幼稚園、小學、國中、高中、大學、研究所同學，也找到初戀情人、仇人……。

杜小悅的五專同學魚魚大病一場，從鬼門關回來後，決定把握當下做自己，搜遍網路社群就是要找回每一階段曾經有好感卻沒有發展戀情的那些人，雖然已婚，她還是去嘗試了像《失樂園》那種快意的人生，相約在旅館或郊遊爬山，有的是蓋棉被純聊天，有的就……，說也奇怪，她的先生好像並不苛責她，隨她想怎樣就怎樣，大概想若真的妻子命不久長，快樂一天是一天吧！但魚魚充分戰勝了病魔，十幾年仍健康自在，換個角度想，或許是壓抑的婚姻讓她生了病，反而讓她為了一圓自己的想望而增強了生命的意志，人生，還真奧妙，應該說愛情，最是奧妙。魚魚年輕時就是個壓抑鬼，設計繪畫莫名其妙被令狐沖當掉，重傷也只會悶起來哭，這樣的個性最適合當村上春樹筆下的主角了。

杜小悅也陸陸續續的在ＦＢ找到各階段的親朋好友，就是找不到阿祥。

秋老虎發威，頂加的牆壁都滲汗，杜小悅睡不著逛著ＦＢ，再度輸入「劉步祥」三個字，一樣跑出好幾筆不太像阿祥的人，但她這次打算跟魚魚一樣，跟這些阿祥連絡看看。

她鼓起勇氣跟第一筆劉步祥私訊，延續了以前對阿祥的害羞與恐懼，她其實對阿祥的那部分一點都沒有長大，她不知道問題點是不是她太期待又太怕受傷害，初戀，很擔心自己的不完美在喜歡的人面前露餡，所以乾脆堵起一道堅實的牆。

FB劉步祥專區：

・劉先生您好，請問可以跟您聊幾句嗎？

對方很快已讀，回話，大概是看了杜小悅的大頭照很喜歡。

・可以啊！要聊哪一方面？

・請問你以前是讀五專嗎？

・是啊！

杜小悅這時候開始緊張起來，她再度把對方開放的有限資訊確認一次，照片不是很清楚，版上幾乎都是轉貼網路的文章，實在難以判斷是不是阿祥本人。

・那你是讀中南部的五專嗎？

・是啊！

杜小悅的心咚了一下！這時候李倩丟了一個新聞連結到ＦＢ給她看，她點開來：

新聞畫面：有條件限制禁帶外食，最後還是變成全面禁帶外食，我們的觀眾拍下帶帝王蟹進場的觀眾（螢幕顯示照片），引來電影院的空前浩劫，當晚，我們清出八大袋廚餘。乾脆婚宴的流水席也搬過來算了……（一隻老鼠竄過眼前，記者驚呼）。

畫面裡是影城公關經理阿冠向杜小悅宣戰，火藥味十足，往下拉，又是論戰一千篇，點閱率破百萬，兩方人馬互相叫囂，各持己見。

婉君（網軍）叫囂文：

新天堂樂園：我遇過連鐵路便當都帶進戲院，還用出鐵湯匙刮鐵便當的聲音，是怎樣，嫌貞子不夠驚悚，臨場加特效是嗎？

心太軟：懷舊啊，是沒聽過懷舊鐵路便當嗎？依我看電影院配鐵路便當才是絕配。

路人瑤瑤：對嘛！我支持阿冠，我上次被帝王蟹的螯刺傷，到現在疤痕都還沒好。

1132：全球好萊塢體系的戲院最大的收入並不是票房，而是爆米花、可樂等的收入，如果不准人家帶進去，那戲院也應該不賣，這才公平。

新天堂樂園是阿冠的帳號名，1132是杜小悅的帳號名，兩人從此加入討論串的隱藏版叫囂對立群。

「阿冠是誰阿！」杜小悅丟訊息給李蒨。

「影城的公關。」李蒨回。

「我知道，字幕有寫。我是說他哪位啊！」
「看起來是不好惹，妳還要惹他嗎？」
「當然啊！who pa who！」

FB 劉步祥專區：

・小姐！請問妳是想問我什麼？還是我們見個面好了！

搭啷～杜小悅被阿冠的新聞攪翻了情緒，一下子緩不過來，被阿祥這樣一邀請，小鹿亂撞到不行，青春時的記憶全上心頭，理智全失。

・好啊！

兩人約在東區的咖啡廳。

經過精心打扮的杜小悅，緊張的等待來人。

迎面走來一號劉步祥，是個很魁武壯碩、臉上有蜈蚣疤的性感男人。

「你是……劉步祥？」

劉步祥一號：「素丫……小妞最近缺錢嗎？我可以優待利率給妳喲！」（台灣國語）

杜小悅：「蛤？？？」

對方毫不扭捏開門見山的表明來意，那時候社群網路剛興起沒有非常久，民風還算純樸，網路詐騙事件還沒有那麼普遍傳開來。

劉步祥一號：「丫我是經營地下錢莊的，妳找我不是要借錢不然要幹嘛？」

杜小悅：「對、對不起……誤會一場……，可、可是你不是說你在中南部讀過五專？」

劉步祥一號：「偶素啊！中南部五項專門科，高利貸、討債、放款、大家樂組頭、檳榔攤加盟。我還特地從中南部搭客運來跟妳碰面耶！妳一定要給我做這個生意啦！」

杜小悅一臉錯愕加羞愧，原本抱持的少女心心情被自己的愚蠢打了一記大悶棍，她拎起包包快步走出咖啡廳。

劉步祥一號：「ㄟ……不要跑啦，有欠用我們可以幫忙解決啦。」

杜小悅：「不……不用了。」

杜小悅用台語頭也不敢回的邊跑邊回話。

杜小悅為了壓驚，跑進SPA館做了全套按摩，痛得哀哀叫時臉上不自覺流下了淚水，她下定決心，不管多荒謬，一定要把正牌劉步祥找到才甘心。

這回找的第二號劉步祥是約在北投山腰的溫泉會館。

對方穿著南洋風花襯衫請杜小悅吃浪漫晚餐。

劉步祥二號：「我……和我太太會結婚，純粹是恩情，因為她對我有恩。」

杜小悅：「蛤？」

劉步祥二號：「我以前家裡環境不是很好，一路半工半讀才唸到大學，直到遇到我太太，她鼓勵我專心唸書，自己兼了好幾份工作供我的學費和生活費，所以，我對她……只有恩情，沒有愛情，我知道妳在尋找真愛，我……就是妳的真愛……。」

說著伸出手握住杜小悅的手。

杜小悅按捺住，沒有拿起桌上的水潑他，緩緩的把手抽回。

杜小悅越挫越勇，又約了第三號劉步祥，對方講了一個很奇怪的地點，杜小悅找了好久都找不到他給的地址，在附近繞來繞去，最接近地址的地方是一家汽車旅館，杜小悅覺得不對勁想跑時，有輛車鬼鬼祟祟的開到她旁邊，迅速的把她拉進車子。

杜小悅：「幹嘛啦……救命……我要報警……。」

劉步祥三號：「咦……這趟不是越南的嗎？怎麼會說國語？」（台語）

號稱劉步祥三號的人用手電筒照杜小悅，仔細看她的臉孔後嚇了一跳。

「靠腰……抓錯人了……。」

開車的人：「ㄟ……阿祥……那現在怎麼辦？」（台語）

劉步祥三號：「丟包啊……怎麼辦！」（台語）

兩人對話還沒結束，杜小悅就被推出車外……。

杜小悅被行駛一大段路的車丟到春耕的稻田裡，滿臉是泥，一群白鷺鷥本來跟著耕耘車覓食，被她一驚擾，紛紛跳開，鄰近開著播田機的農人看著她。

經過這些驚悚的事件後，杜小悅決定把李倩拉下水，但她沒有勇氣跟李倩說出內心深處的秘密，只要求她陪她去找一個很重要的人。

李倩開著車，在鄉間小路行駛，夾道的竹林葉子刷汽車而過，杜小悅手上拿著一張地圖，地圖上有櫻花的圖像，上面地標寫著「浪漫櫻花園」。

李倩：「跟妳說GPS是很恐怖的東西……這麼多竹子，會不會有青竹絲？」

杜小悅：「哪來的青竹絲……哇！」

說時遲那時快，一隻蝙蝠撞向玻璃前方，兩人一起尖叫。

天色漸漸昏暗，兩人越來越毛，採收的農人經過眼前，臉色怪異。

車子停在一座蓋得很有設計感的墳墓前，車燈照向墓碑，周圍有櫻花樹圍繞、開滿櫻花，墓碑上寫著「劉步祥之墓一九四五~二〇一〇」。

李倩已經瀕臨崩潰邊緣。

李倩：「這就是妳說的很重要的人嗎？」

「浪漫櫻花林是沒錯……人名也沒錯，但……生日錯了！一九四五年年紀大了些……。」杜小悅很心虛地小聲說。

「本草綱目記載，腦殘沒藥醫……。」

李蒨翻了一個大白眼，掉轉方向盤，呼嘯過原竹林路，回家。

還好生日沒對上，否則杜小悅要心碎了，如果阿祥已經死了，她一定會心痛得要死，連一聲「你好」都沒跟人家說過。

杜小悅又在師大路的頂加上網找阿祥，李蒨因為竹林事件開始注意她的舉動，是真的發現她需要關心，可能個性古怪，太孤單了，容易做一些難以理解的事，李蒨自己是花蝴蝶，很多人追，沒有情路障礙，這天她找到一個新聞，把連結丟給杜小悅。

新聞：其實這位被騙的劉姓女博士生，是台積電主任工程師，年薪兩百萬，卻為了和她口中的中情局長結婚放棄工作，還說對方甘願為她引發第三次世界大戰，甚至有機會讓她當美國第一夫人，儘管警方告訴她對方是騙子，今天記者找到她，她還是執迷不悟，秀出婚戒傻傻等待。

李蒨還加了註解給杜小悅，怕她看不懂丟這個新聞給她的意思。

李蒨：「哈哈哈……，妳的症狀比她稍微輕一點點而已……，要不要去掛心理諮商科，診斷一下。」

李蒨正在大口扒飯，一邊跟男友遠距線上玩跑跑卡丁車，一邊狂笑。

杜小悅：「妳才智障好嗎！妳跟這個男的玩了好幾年的卡丁車，身為首席好友的我都沒看過他，是怎樣，每次約會都跑卡丁車……是在跟卡丁車交往嗎？」

李蒨：「哎呀……輸了……妳帶賽ㄟ妳……。」

李蒨玩的是那種很高段的情感，大部分的人被情感掌控，她是可以掌控情感的人。

電影院外食論戰依然繼續。

婉君（網軍）叫囂文：

新天堂樂園：我快氣炸了，為何老是有民眾會認為「漢堡」和「熱狗堡」是一樣的東西呢？你真覺得漢堡和熱狗堡一樣嗎？中文和英文和組合物都不一樣，這些人是要番到什麼時候啦！

gogoro：別生氣啦～他們比較不食人間煙火。就像我也無法分辨量子、粒子、分子啊。

波子郎：順便請教一下，刈包和夾熱狗的饅頭也能帶進場嗎？

北斗七星：是不一樣的東西，但類似，條狀好入口，掉芝麻的機率比較低。

新天堂樂園：你們覺得都是麵包夾肉，所以都可以帶進戲院吃是嗎？

魯蛇：那到底不一樣的原因是什麼？

新天堂樂園：……。

新天堂樂園已被激怒，魯蛇是杜小悅新開的帳號，這回合勝，心情大好。
這時ＦＢ傳來一個新訊息，五專離騷班版ＰＯ的。
各位同學，錦雯要結婚了，要出席喜宴的請表態。
小札離騷封版多年後，再度在ＦＢ復活，版主有文慧、汝汝、柿子，剛開始找到一群人加入還算熱絡，過一陣子就又長草，都已經遺忘有這個版了，原因是大家都在拚經濟、拚家庭，哪有像五專時那樣，有大把時間揮霍，翹課一百天。

離騷（ＦＢ）：

阿勳：請問當初打造的結婚獎盃在誰那裡？

五專時消失好長一段時間，畢業時還能一起畢業的阿勳留了這句話後，版上留白了好幾天，大概版主私下在討論要怎麼回應這個提問。結婚獎盃在番妹前夫家倉庫的事沒有幾個人知道，當初也是花了班費打造，每個人都對它有一些想像畫面和期待，近乎班上幽靈人口的阿勳，能知道有這座獎盃就很厲害了，當然不會知道獎盃的開始也是結束的戲劇化命運。

離騷（FB）：

版主：阿勳，我們有私訊妳，看一下！

也不知道阿勳有沒有跟汝汝他們聯繫上，總之，這座五專班的結婚獎盃充分反映了台灣的婚姻現象，幻滅是成長的開始。

這些年，連同學會都辦不全，各自天涯，各自山頭。比較早婚的那幾個小孩已經不必抱在手上，可以偷個閒出來溜一溜，班版竟然跳出一個訊息：

離騷（FB）：

同學們！我們已經畢業有像一百年一樣久的時間都沒見面了，不知道各位是變美變帥，還是變成黃臉婆，總之，騷包姊妹們，讓我們聚聚吧！

看得出來這種文句應該是汝汝、柿子討論出來的，柿子總是想講一些八卦的，汝汝再幫忙修飾一下。

同學會時間訂在年底，還有一段時間，所以一樣沒人表態，班版再度沉寂長草。

班上同學像大隊接力一樣，一棒一棒的結婚，小孩像爆米花一樣嗶嗶啵啵的蹦出來，只有杜小悅還在原地。

這天，杜小悅在忙著編排媒體預算，打電話打到焦頭爛額，排媒體廣告是最難纏的一件事，要把異業結盟那一套搬出來，字面說得輕巧簡單，每一步都是算計，算不好，把預算像放水流一樣的流走，沒有任何報酬率，是很可怕的一件事，不只會被老闆刮破頭，年終獎金也會縮水。

眼前這個燙手山芋，讓杜小悅發呆了一下，這種兵荒馬亂的時節，怎可能有時間發呆，所以只一下就回神，同是電影產業怎可能不會狹路相逢？這個異業結盟的企劃案來自影城公關經理屬名，而且是老闆交辦下來的。

之前跟李蒨保證 who pa who 要和阿冠宣戰的氣魄之語仍迴盪在天際。

這異業結盟的企劃案是杜小悅家的電影要在阿冠的影城排片，加上行銷活動、首映會、記者會，各式各樣的宣傳上的緊密結合，第一步就得先安排媒體試片，阿冠排出了一個空檔的小廳給媒體看片。

雖然之前已經電話聯繫過多次，但即將面對面時還是掩不住火藥味，杜小悅還帶了炸雞、漢堡、飲料，放在包包裡。

路上車禍，迴堵了一段時間，杜小悅和李蒨趕到影城時，阿冠已經在招呼記者了，李蒨趕緊上前接手，笑臉迎人。

杜小悅把要給媒體的宣傳物從包包裡拿出來放在阿冠備好的長桌上。

「1132、魯蛇、鄰家大嬸、寄生火星蟲……。」

阿冠把杜小悅的 FB 帳號名全盤托出。

「新天堂樂園、機車男、無卵南、水星人……。」

杜小悅回擊，也把阿冠的 FB 帳號名全盤托出。

阿冠：「不賴嘛！我可是用科學的方法找到妳那一人分多身的假帳號的，妳是怎麼找到到我的？」

杜小悅：「觀落陰啊！」

杜小悅瞪了他一眼，阿冠竟然笑了。

阿冠一笑，杜小悅有點錯亂，竟有種似曾相識的感覺，像多年前那晚上崎頂的風呼呼的在吹似的。

「杜小悅！快點啦！電影要放映了，妳還在盧什麼？」李蒨叫喚。

杜小悅快速的移動到影廳，本來想把包包裡好吃的東西都拿出來吃，但剛剛阿冠那一笑，實在讓她疑惑，沒法理清思緒之下，還是按捺住了，整場都沒有把吃的拿出來，雖然數度嘴巴很饞，手伸進包包裡，之後又空空的拿出來，李蒨看到了。

「妳是在演默劇嗎？」

杜小悅也很懊惱自己的沒用，原本 who pa who 的氣勢都弱了。

杜小悅的房東淑娟是一位五十多歲的大姐，已婚，是虔誠的基督徒，住在公婆留下的房子裡，樓上頂加就租給一些異鄉來打拼的遊子，平常在師大夜市的轉角開了一家希臘風味的咖哩店，是那種攀滿常春藤蔓隨風飄阿飄的浪漫之味，杜小悅租她的房子幾年了，兩人也聊得來，閒時會去她的店裡幫個小忙跑跑腿。

媒體試片之後，是週末夜，杜小悅去咖哩店找淑娟姐。

杜小悅進門，門鈴框啷框啷響。淑娟姐的店正放著南洋風的爵士樂。

杜小悅：「好香喔，最想念這種咖哩粉的味道了。」

杜小悅的手一邊撫摸著店裡擺設的異國香料。

淑娟姐：「說是想念，卻有一陣子沒來了。」

杜小悅：「忙啊。」

淑娟姐：「我說妳，今年貴庚了？」

杜小悅：「幹麻？」

淑娟姐：「是不是該帶男朋友來給我瞧瞧了。」

杜小悅：「喲……下起雨來了呀……我來擦擦桌子好了。」

淑娟姐：「少裝蒜。」

淑娟姐把杜小悅手上的抹布拿走，自己拉了張椅子坐下，也示意杜小悅坐下。

淑娟姐：「『神說，那人獨居不好，所以賜給他一個女人「幫助」他。這是亞當和夏娃的故事。』」

杜小悅：「那人獨居本來挺好……，幹嘛賜給他一個女人來『綁住』他？」

淑娟姐：「什麼歪理？」

杜小悅：「本來就是啊！我大學讀的是教會學校，通識課教宗教哲學的教授家鄉口音很重，他就是這樣說的，那人獨居不好，所以賜給他一個女人『綁住』他。」

淑娟姐：「這麼刁鑽，難怪找不到對象！喲，還真下起雨來了……，烏鴉嘴耶妳……。」

雨聲窸窸窣窣，頗有詩意。

淑娟姐：「要不要我幫你介紹對象？」

杜小悅：「我要走了……。」

淑娟姐：「就知道這樣你就要走，不陪我多聊幾句？」

杜小悅逕自走到門口，淑娟姐跟出來。

淑娟姐：「沒帶傘吧！不然帶著這把傘吧！有個客人掉在這兒，好久都沒來拿，先拿去應急，下次來再帶回來好了。這位男客人我印象挺深刻的，說不定可以介紹你們兩個認識一下。」

杜小悅：「隨緣啦……。」

淑娟姐：「不能隨，一隨就錯過了……。」

淑娟姐話還沒說完，杜小悅已經溜出店，在巷裡回往住處的路上了。

杜小悅就著路燈看看那把有英文黑字的白色傘，木頭柄，還蠻有品味的。

杜小悅想起和阿冠的紛爭，心犯嘀咕：我最討厭我自己的性格之一就是「心太軟」。

她想到日後要常常跟阿冠合作，還是得做個和平協議。

在談完首映會的流程後，她開口了。

杜小悅：「我想跟你談一下關於在戲院裡吃東西這件事。」

阿冠：「要我們開放嗎？」

杜小悅：「跟你討論折衷的辦法，你們何不全面調查觀眾在戲院裡的用餐行為，好歸納出哪些食物適合帶進戲院；哪些不適合帶進戲院……。」

阿冠：「我們做了啊！」

杜小悅：「太籠統了，那種大項的分法，個人自由心證，你認為會有效嗎？」

杜小悅的手機簡訊響了好幾通，因在討論事情，所以沒有注意到震動的手機慢慢靠近桌邊，阿冠悄悄的幫杜小悅的手機挪了一下，免於掉落，杜小悅眼角餘光瞥到，這貼心的動作是兩人距離拉近的開始。

戲院能不能帶外食進去吃這件事，已經在消保官跟戲院、觀影者間來回討論許久，仍然沒個結果，阿冠自己很清楚這的確是公司內部一個僥倖的策略，很難控管、很難要求，能達到一個折衷的結果就很不錯了，於是兩人決定不再讓這件事情困擾彼此太久。

兩人談完後，杜小悅先離開，但走沒多遠，發現外套忘了拿。

阿冠手上拿著杜小悅忘了帶走的外套走出咖啡廳，沒走幾步，有個老人在他前面等紅綠燈，綠燈一亮，老人緩步維艱，快步走過老人身旁的阿冠，回頭扶著老人一起走過馬路，老人步伐太緩慢，紅燈亮了兩人還沒走完斑馬線，阿冠很有耐心的用手勢向來車示意，讓兩人通行，還很有禮貌的向來車的禮讓致意。之後阿冠和老人交頭接耳幾句話後，攔了計程車，讓老人上車，掏出皮夾付了車資，關上門，目送計程車離開。

阿冠的行為都被回頭要找外套的杜小悅看在眼裡。

阿冠撥了電話給杜小悅，杜小悅接了電話，她看著阿冠講電話，但阿冠不知道。

杜小悅：「喂～」

阿冠：「妳的外套忘了拿，在我這裡。」

杜小悅：「是喔……，那我趕快回去拿。」（裝傻）

阿冠：「要我幫妳送過去嗎？」

杜小悅：「沒關係，我才走沒多遠。」

杜小悅故意繞一下路，往阿冠迎面走去。

阿冠看到杜小悅了，間隔一個紅綠燈，綠燈剛閃了黃燈，遠遠的一台重型機車奔馳而來，劃開杜小悅和阿冠，那機車上的人很囂張，騎士後座摟抱了一位辣妹，放著擴音喇叭音樂，是楊乃文的歌：

「我雙魚，為什麼天蠍要恨我……。」

歌詞剛好唱到這句，杜小悅倏忽想起阿祥，再看看對面的阿冠，無法連結。

阿冠家在師大路，他的房間裡有全套的攝影器材，有空時就會把它們鋪開來，保養一番。這天，他照例爬上頂樓，用大砲鏡頭拍飛鳥，飛鳥順著風勢往師大夜市方向緩緩落下，阿冠順著飛鳥的動線移動鏡頭，飛鳥掠過一戶頂加窗前，阿冠忍不住把鏡頭又移回來那窗，是個女子剪影，正換衣服，曲線玲瓏，阿冠忍不住按了快門。

那扇窗，是杜小悅的窗，因為只有剪影，阿冠不會知道是她，就像《艾蜜莉的異想世界》裡，男主角和女主角生活在同一個城市裡，《甜蜜蜜》裡的黎明和張曼玉一開始就背對背的坐在火車上，許多暗戀彼此的人不知道多少次交會而過而不自知，這些，都只有天使丘比特和全知的觀眾看在眼裡。

錦雯的喜帖炸來了，新郎不是阿峰，想也知道，錦雯不可能搞得定阿峰，因為他身邊隨便一個心機女，牡羊座的她全部都鬥不過。

杜小悅這一班，錦雯算是在中班列車搭上愛情的墳墓，早班的文慧、貴知、麗蓉都小孩牽在手裡了，剛畢業時，大夥各分東西，也不好意思炸紅帖，多半悄悄的結婚，錦雯這會，大家在家庭和事業上都大致塵埃落定，比較找得到人了，也就算湊了第一次的同學會。

雖說比較找得到人，也還只是來了寥寥的章章、滷肉、飛飛、文慧、情情、芬親、光仔和杜小悅，以及幾個辯論社的老面孔，阿峰沒來。

杜小悅起了個大早，搭莒光號從台北回家鄉，婚禮辦在週六，一個太陽很艷的冬日，看著像影片膠捲轉動般的火車車窗光影，劃過眼前的還有青春年少時一模一樣的窗外風景。

「竹南站，竹南站快到了，要下車的旅客請準備下車，要轉搭海線的旅客，也請在這站下車。」

火車報站，杜小悅認出來廣播的是剛剛穿著紅色窄裙、拉著零食車問大家要不要買的女子的聲音，她又重複用台語跟客語講了一次。

杜小悅的位置靠窗，一樣的山巒、收割的稻田、火紅得像卡門裙襬的九重葛，以及最熟悉而難忘的黃色野菊，她想起了崎頂的那一次，看向遠遠的海線，轟隆一聲，進山洞。

每次火車進山洞，杜小悅都會想起專三時在藥水裡浸泡的膠卷，人生也在山洞裡顯影、急制、定影，但她想念的阿祥，到底在哪裡？

錦雯的婚禮，妝很濃，杜小悅很同情她，通常不知道是新娘自己喜歡這樣還是化妝師只會這樣，好像很擔心人認不出來誰是新娘，以前的婚禮不像現在，連伴娘都很講究妝髮服裝，錦雯請來的伴娘是辯論社的未婚學妹，裝扮樸素，臉上薄薄的脂粉倒也比錦雯好看些。

為什麼沒請鐵閨密章章當伴娘？一方面章章的美色絕對搶過錦雯，最主要還是章章已經結婚了，她嫁給工廠小開，經濟穩定但很辛苦，等於是在工廠上班管人管錢。

新郎竟然不是阿峰，自然就是杜小悅好奇的點，喜宴和婚禮都辦在新郎彰化的祖厝，有個安放祖先牌位和神明的大廳，在紅布繡龍鳳百花圖上別滿了新台幣大鈔，桌子上也有整疊的新台幣大鈔和金條，這種場面杜小悅第一次見，根本不知道那是什麼意思，後來才弄清楚是嫁妝和聘金，這是一場非常非常典型的台式婚禮。

一行人按捺住老同學相見歡的情緒，客套地用眼神交流祝福錦雯，天乾物燥的彰化，天光亮晃晃透光過藍白條遮雨棚的酒席，跟以前吃遍同學家流水席的歡樂相去甚遠。以前讀書時，當然也去過錦雯家打牙祭，騎機車到位於城市外圍的錦雯家也是不小的一段路，而且通常大家喜歡夜間行動，錦雯家開熱炒店，像香港大排檔一樣，生意蓬勃滿座，等了好久上菜才上齊，炒蛤蜊、青菜、三杯雞、老母雞燉湯……，一下子就掃光光，晚期青春期發育現象，不分男女惡極撲食，錦雯自己沒吃幾口，都在幫忙跑腿點菜算錢，杜小悅真是瞠目結舌了，這十幾桌下來，錦雯全把人點的菜背起來，算錢時也絲毫無錯，這智商139真是發揮得淋漓盡致，她數學被當絕對是武大刀的錯，無疑。

婚禮進行到新郎新娘敬酒，杜小悅才看到錦雯的夫婿，臉很腫脹，肚子也圓凸，章章說是比錦雯的年紀大了一輪，錦雯畢業後在傳統產業做行銷企劃，中南部的大公司通常不會有這個職缺，除非是學成歸國的年輕二代才會建議老爸在組織裡加這個部門和職缺，想太多的老爸們就會從這裡找媳婦，錦雯的口才犀利、思路清晰、智商高，拔得頭籌進了一家規模不小的土傳產企業，面試的的確是這家公司的富二代留美長公子，也是唯一獨子，但並沒有擦出愛的火花，而是派錦雯到內地去開疆闢土，那時台商大批進駐中國，沒跟上就落伍了。

錦雯的老闆沒看錯人，她到了內地，快速的拓展了公司在內地的版圖，當然年紀尚輕的她得是有人帶的，就是她現在走在紅毯上的老公，章章說得口沫橫飛，嘴角都泛泡了。

「錦雯說有一次出事，半夜公安來了一大隊，錦雯的老公帶著她扛了一大布袋的錢從後門溜走，還被追了好長一段路，幸好沒被追上，否則後果不堪設想……。」

這時大家都懂了，烽火兒女情加革命情感，所以造就了這對老少配了。

新郎新娘緩步走過每一桌敬酒，杜小悅真的感覺不到錦雯有一絲絲的喜悅，看著那位穿戴金光閃閃瞎人的婆婆，一陣酸楚油然而生。

「錦雯情路本就坎坷，如今這樣的結局，只能在心中祈禱一萬次，她老公是好人……。」

杜小悅一邊在心裡想著一邊看著那位澎臉圓肚大哥。

婚禮後，杜小悅接到以前樂隊跟屁蟲每每的姊姊來電，消息蠻震驚的，說每每患了憂鬱症，在療養院。

「我看了我妹的日記，實在覺得需要跟妳連絡！」

「為什麼？有聯絡碗粿嗎？我們以前三人一起玩過。」

「她一直都有跟碗粿聯絡。」

「喔！好，我去看看她。」

順道回家鄉一趟的杜小悅，週日早起去看每每。

她第一次到療養院，一進門，路上就有三三兩兩的患者或坐或走，讓杜小悅不禁多看了幾眼，不知是先入為主還是他們真的跟正常人不一樣。杜小悅進到一個有病床的房間才見到每每，應該是發病不穩定。

自從退樂隊後，杜小悅就很少看到每每，更遑論畢業後，當然連見都沒再見過，現在指名要見她，實在抓不到頭緒，或許是當年的一些玩樂經驗，每每很回味吧！其實退樂隊後，教官在廣播裡有叫到：「樂隊隊長王每每！樂隊隊長王每每！請妳到教官室來！」但只叫了幾次就不叫了，可能終於有人去投訴這樣太吵了，之後這種廣播都免了，所以杜小悅並沒有注意到每每後來當上了隊長。

每每背對門口側躺在病床上，鄰床也睡有一位女性患者，杜小悅輕輕的喚每每，她轉過身看杜小悅，笑得很燦爛，但眼神渙散，杜小悅很震驚，但沒有顯露出來。

「小悅！妳來了！」

「每每！妳還好嗎？」

每每根本沒辦法好好聊天，應該是藥物作用力的關係，杜小悅聊了幾句後就退出來，每每很快的又睡下，轉身背對門。

杜小悅四處張望，想找看看有沒有護理人員可以問問每每的狀況，答案是：沒有。

每每的病況可能真的很嚴重，她的門還是在一道鐵門之後。

走到療養院大門口，每每的姊姊叫住杜小悅，兩人在療養院外的步道上邊走邊聊。

「我妹妹暗戀妳很久了妳知道嗎？」

每每的姊姊開門見山不囉嗦的說了這個，杜小悅眼前先一陣黑，然後腦中快轉倒帶和每每的一切回憶，她的確是一個跟屁蟲，莫名其妙的愛黏著她，而且拷貝她的許多習慣用語、動作、表情、興趣什麼的，那時候杜小悅的確覺得她是個學人精，但其實就是貼心好玩，像在音樂廳聽交響樂吃鹹酥雞這種鳥事她都願意配合，還有，專二時，作業實在太多，杜小悅常缺樂隊練習每每很擔心她會退隊，每天中午帶著便當去杜小悅班上陪她吃飯，因為杜小悅帶了便當，而住校的每每是怎麼生出便當的，實在很難推測。

「原來……，是這樣的啊！」杜小悅苦苦的恍然大悟。

「我妹日記裡寫到妳退隊的那時候，就已經有點歇斯底里了，但她實在太會壓抑，她男友家對她催婚，大概是壓垮駱駝的最後一根稻草了！」

這個年代，不管三七二十一，男女都會有婚期的壓力，二十八歲未婚就已經是臨界點了，每每的男友和杜小悅是同星座同月同日生，他不知道每每發病的真正原因，還是很愛每每，願意等她好再結婚。

「我剛剛要找護理人員都找不到，接下來我應該怎麼做？」杜小悅問。

「可以了！妳來看過她，她會好的，以後就不要再出現在她眼前了，如果可以，就消失吧！」

「噢～」

杜小悅答完噢，兩人靜默很久，一直走到步道的盡頭都沒有人再出聲，每每的姊姊向杜小悅揮揮手，示意讓杜小悅離開，然後轉頭，往療養院門口走去。

這之後，聽碗粿說每每結了婚生了孩子。

今生，很多人是來學過情關的，李倩也是……。

仲夏夜，台北。

杜小悅氣喘吁吁衝上李倩家頂樓，李倩喝著啤酒腳懸空在陽台外面。

夜景相當美麗，但氣氛不對。

杜小悅：「幹麻啦……，要喝酒下來一起喝。」

李蒨：「少來！妳又不喝酒，要騙我我還不知道？妳說對了，我這身好身材老是讓我找不到真愛，它就像牛肉麵一樣，男人急著把牛肉吃得精光，卻留下了大碗的麵條，誰來看看我這蘊含豐富內涵的麵條？」

杜小悅：「對啊……，我吃餅乾也是會把香草口味的內餡啥完，再考慮要不要把外皮吃掉……（回神）不是啦、不是啦……，因為牛肉太顯眼、太好吃……。」

李蒨站上陽台前的小椅子，杜小悅心臟差點跳出來，當下思緒有點混亂，擔心李蒨這次是玩真的。

杜小悅心想，不會吧！號稱情場東方不敗的李蒨，難道撞鬼了！先救人再說，萬一不小心弄假成真掉下去就不好了。

杜小悅：「我哪時候說過妳身材太好找不到真愛，ㄟ……，我們上次一起去買的洋裝戰袍，要不要拿出來再試穿一下，我都沒看妳穿上街。」

李蒨：「我就是穿著那件洋裝的當天被甩的呀！」

李蒨開始大哭。

每每事件已經讓杜小悅夠驚嚇了，李蒨給的驚喜更是大條，她偷偷走近李蒨，一邊偷找手機裡的通訊錄，找可以搬的救兵，通訊錄一直跑，都是業務上往來的人，實在想不到可以找誰。

李蒨：「杜小悅妳敢靠近我一步，我就跳下去。」

李蒨拐了一下，杜小悅差點尖叫出聲，情急之下不管三七二十一的撥了電話出去。

阿冠：「喂～～～」

阿冠在影城接起了電話。

杜小悅隨機選號選到了阿冠，李蒨在電話那頭亂叫囂，阿冠聽到了，大概猜到是怎麼回事。

杜小悅：「不好意思，我是情急之下撥的電話……，我朋友初次嘗到被甩的滋味，以前都是她甩人，不知道那種痛楚，現在知道自己以前造太多孽，一時難以消化，所以……。」

阿冠：「沒問題，妳給我地址，我試著幫幫看……。」

杜小悅抬頭看李蒨，李蒨身後一輪血月，她剛剛拐的那一下被陽台的有線電視線攔住，所以還安全。

阿冠到了現場，他找來警察，有事先溝通過不要驚擾住戶和刺激李蒨，救護車悄悄的在樓下待命，緩衝氣墊開始充氣。

杜小悅：「李蒨，不要鬧了，我們去吃麻辣鍋啦！我請客！」

李蒨：「哈哈哈哈……，我都準備要死了，還吃什麼麻辣鍋！」

杜小悅：「妳不要死不就好了。」

李蒨：「這我幫不上忙……啦啦啦……。」

李蒨開始發酒瘋唱起歌，她本來音準就很差，這時候唱的是什麼歌，沒人聽得出來，只有杜小悅隱約聽出可能是張韶涵的〈隱形的翅膀〉。

杜小悅：「李蒨！妳是女神，怎麼可以這樣沒形象，等一下記者來妳就完蛋了。」

李蒨聽到記者兩個字，彷彿開啟了跳樓開關，用像在游泳池跳水一樣的姿勢作勢要往下跳，杜小悅雙腿一軟跪了下來。

「妳有兄弟姐妹嗎？」

是阿冠的聲音，他已經悄悄的走上頂樓觀望兩人荒謬的對話一陣子，李蒨被突如其來跳 tone 的問題問得有點傻住，倒想聽完再跳。

李蒨：「有啊！怎麼樣？」

阿冠：「我有個弟弟，他出生的時候就有心臟病，我們全家都很愛他，尤其是我這個哥哥，我當獨生子六年之後媽媽才又生了這個弟弟，可以想像我是多麼的珍惜這位終結我孤單歲月的弟弟，但是醫生說上帝隨時會從我們身邊接走他，我們把握每天和他相處的時光，他喜歡打球但是不能太激烈，我就打點好附近的小孩，讓他和大家一起打球的時候不會被排擠，也不會因為逞強而昏倒，我每天想盡辦法讓他快樂，過著正常人的生活，心中不斷祈禱上帝賜予奇蹟，不要太早帶走他，甚至不要帶走他。」

李蒨的酒有點退了，清醒了些，她蹲下來說：「然後呢？」

阿冠深吸了一口氣。
阿冠：「我們還是失去了他⋯⋯。」
阿冠眼眶泛淚，聲音哽咽，聽起來是真誠的，杜小悅眼眶也紅了。
阿冠：「你知道失去心愛的弟弟有多心痛嗎？難道這麼輕易的就要傷害自己最親的人嗎？」
李倩聽了阿冠的話，酒又醒了一些，耳畔響起弟弟和爸媽叫喊她的聲音。
李倩冷靜了下來。
「小子！算你厲害！剛好老娘也有個弟弟！」
李倩走下陽台，杜小悅腿又有力了，上前抱住她。

李倩請了一個禮拜的假，連續撒潑了好幾天，總算恢復正常，杜小悅很想知道是何方神聖讓李倩如此瘋狂，李倩攤給她看的那人長相，只能贏得杜小悅冷冷一笑，長得跟宅男差不多。
「笑什麼？我看上那個影城公關了！」李倩阿莎力地說。

「最好是啦！」杜小悅回。

換李蒨冷笑。

「愛吃假小意，妳吃醋了喔！」

「我哪有？」

「哪沒有！」

杜小悅實在不太懂愛情，這一路上走來，情字這條路好像蠻多創意的，而這條路是鋪在海上的，一不小心會走到海裡去。

杜小悅很感謝阿冠救了她的閨密李蒨的性命，那千鈞一髮之際的言語也悄悄地觸動了她的心，受了李蒨的威脅，她主動約了阿冠。

「真的很謝謝你救了我閨密的性命，感覺是幸運之神讓我隨機選號選中了你撥了出去，否則後果不堪設想。」

阿冠是情非得已說出內心最深處的秘密，他事後很傷心，勾起了最不想碰觸的心事，所以今天雖然赴約，還是有點悶悶的。

「嗯……，小事一樁，別放心上。」

兩人走在永康街上。

「ㄟ……，要不要吃芒果牛奶冰，你看前面就是冰店，我請客。」

杜小悅拉起阿冠的手就往冰店走去，排隊長龍讓他們好等，對面的蔥抓餅也是一條人龍，兩條龍面面相覷。

買到冰時，隔壁公園的蚊子電影院已經開演了，中央一塊布幕被風吹得躁動不安，杜小悅和阿冠都是此道中人，當然啟動感興趣開關上前看看，都想知道放的是什麼片。

——《艾蜜莉的異想世界》

沒錯，放的電影就是《艾蜜莉的異想世界》，此起彼落的打蚊子聲，很快的，原本聚集了很多人的公園散去了不少，小孩子都跑去玩溜滑梯和其他遊樂設施，只剩下幾對情侶坐在椅子上邊吃冰邊看電影，杜小悅和阿冠也在其中。

這部電影在二〇〇二年上映時還蠻造成風潮的，導演尚皮耶・居內還因此火紅了一把，以往藝術成就極高的法國電影，竟然出現了好萊塢味，藝術和娛樂兼具的片難得在法國製作出來，記得是名主持人陶子在廣播裡大肆推薦，口碑蔓延開來，全球票房都很亮眼，說之後談到法國的電影，除了楚浮、高達、侯麥之外，有了其他的可能性，飾演艾蜜莉的奧黛莉朵杜因此被挖掘到好萊塢拍了大成本的商業電影，如《達文西密碼》。

兩人又再一次把這部電影看完了，起身觀望四周，真的只剩他們兩人看到電影結尾，原因還是風太大，以及蚊子太多。

「我送妳回家吧！」

阿冠好像心情好一些了，應該說好很多了，他說他要送杜小悅回家，杜小悅心裡竟然小鹿亂跳了起來。

「我……，我住附近耶！」

「我也是啊！」

「什麼？」

「師大夜市！」

「師大路！」

兩人感到很high，有種和剛剛的電影故事互文的驚喜，於是兩人一起走過麗水街，轉師大路，再進夜市，經過生煎包的攤位，又是一條人龍，正在猶豫要不要排進去時，清亮的歌聲響起，唱的是張清芳的歌〈我還年輕〉，兩人瞬間一起努力的尋找聲音的來源，阿冠拉起杜小悅的手，往師大路對面的小公園奔去，政大書城前方有街頭歌手在唱歌，就是那位女孩的聲音。

這晚，兩人牽了兩次手。

回到住處，杜小悅躺在床上，思緒又甜蜜又紊亂。她看著還沒接觸的劉步祥們的FB和阿冠的FB，兩邊切換來切換去，她認真的把阿冠的FB全部看過一遍，相簿裡都是衝浪的MAN照，和她心目中的劉步祥完全是不同類型的人，她拿起枕頭打自己的頭。

李蒨來電話。

「杜小悅！妳到底有沒有要那個影城公關？我是跟妳說真的，如果妳不要，我就下手了喔！」

「好啊！拿去啊！我是個專情的人，我在尋找我的劉步祥！」

李蒨冷笑一聲，杜小悅打了一個寒顫，話說出去差點咬到舌頭。

兩人冷笑來冷笑去，還蠻像《倚天屠龍記》裡的趙敏跟周芷若搶張無忌。

掛掉電話，杜小悅的淚竟然不聽使喚的掉，從青春年少開始，她就是隱瞞情感的高手，即使滷肉她們都已經結婚了，還是會講起德城，但從來沒有人知道杜小悅的腦內風景住著一個劉步祥，和李蒨交情這麼好，也不肯透漏一丁點心思和人交流討論，她……，就是台版的艾蜜莉無誤啊！

也不知道是牡羊座的李蒨看穿了她的心思，激將激將她，還是真的要追阿冠。

阿冠和杜小悅的關係完全破冰了，也有了溫度，兩人想在食物和電影院之間取得平衡，阿冠帶杜小悅在影城巡視了一遍。

阿冠：「基本上有的消費者不希望在看電影的時候被吃東西的聲音以及濃烈的食物味道打擾。」

杜小悅：「有考慮影城的食物販賣區也取消嗎？在實務上這樣比較能說服大眾配合你們的理念。不然專門開一廳當成外食廳，像義大利電影《新天堂樂園》那樣不是很棒嗎？」

阿冠：「嗯……，妳的提議都很刺激……。」

兩個人站在測試放映影片的房間討論，銀幕上的情侶正在接吻，兩人在暗黑的房間裡有點被撩動。

杜小悅被阿冠這樣一喚，有點緊張。

阿冠：「小悅……。」

杜小悅：「有……事嗎？」

阿冠：「這個禮拜六，妳有空嗎？」

杜小悅：「要……幹嘛？」

週六，阿冠帶著杜小悅去台南鹽水參加蜂炮的活動，杜小悅被炸得哇哇叫，阿冠一直保護著她，現場好多人帶著相機在拍，阿冠也不例外，阿冠拿著相機猛拍杜小悅，杜小悅的心越來越矛盾，表情從快樂變成僵硬，阿冠似乎一點都不介意。

這趟南下來回是搭國光號，兩人並肩坐著，杜小悅靠窗看著窗外的風景，悶悶的，已經是晚上了，阿冠的身影映照在窗玻璃上，杜小悅透過窗仔細端詳他，雖覺得似曾相識，但想不起是誰。

阿冠：「杜小悅……，妳今天開心嗎？」

杜小悅：「嗯……有點……開心！」

車子又過了一站，到了斗六收費站，杜小悅突然無厘頭的問了一句。

「阿冠……你……，談過戀愛嗎？」

阿冠的精神抖擻了起來，用奇異的眼神看她，阿冠一直帶著眼鏡，杜小悅其實不太能對焦他鏡框下的眼神，但有點不安而焦躁起來。

杜小悅：「喔……好吧！你一定談過……。」

阿冠輕輕的笑了一下。

這笑竟對杜小悅有鼓舞作用，繼續講重點。

杜小悅：「那你有藏在心中的故事嗎？就是忘也忘不掉的那種。」

阿冠：「我……有啊，是愛情故事。」
杜小悅：「真的嗎？」
杜小悅本來躺軟的背，整個坐直了，認真的看著阿冠鏡框下迷離的眼神說：
「你願意告訴我嗎？」
杜小悅這種不按牌理出牌的殺手鐧其實蠻嚇人的，大學畢業求職的第一份工作就是這樣得到的，因為行銷企劃類都喜歡這種好奇寶寶，以及怪咖外星人。
阿冠：「好啊……等我把故事再完整的想一遍，想好怎麼告訴妳。」
杜小悅：「噢……還要想啊！我真迫不及待要聽了……。」
阿冠似乎對這次的進度感到很滿意，篤定的看了看杜小悅。

柿子畢業後在廣告公司有一搭沒一搭的做企劃，南部這方面的產業本就不活絡，淡季一來，喝西北風的人一大堆，班上有幾個同學不像杜小悅那麼迂迴，得考個北部的大學測測水溫才敢跳下去，最安靜的欣和藍都直接北上投入職場，真的發生水土不服和人情不適症而辛苦萬千，藍撐不久就打包回南部，有一個女同學明還不賴，五專時就已經和從奧美廣告下來南部做問卷的主管合作無間，當時明類似中盤商，批了很多問卷分發給同學，指定鄉鎮，給住在那些鄉鎮的人去做，一份二百元，挺好賺的，有些鄉鎮真的好偏僻，而且指定性別、年齡，要找到都符合條件的問卷對象真的不容易，要作假更是不容易，因為奧美會再抽樣打電話給問卷對象複查，如果沒對上，就是無效卷，賺不到錢。專四暑假，杜小悅這班靠這些問卷賺了不少學費和零用錢，杜小悅也參與了，騎腳踏車到一些從沒去過但其實只是在老家附近的小鄉村問了一些對日常用品的使用心得和期許，有一回拿到的問卷竟然有一題是：

「請問您的性生活滿足嗎？」

幫杜小悅填問卷的是一位理髮小姐，她的愛人就在身邊一起填問卷，杜小悅問到這題時，一點心理準備都沒有，因為不會事先預習，都是直接拿到就問，以前都是一般般無聊到雙方都會打瞌睡的問題。

理髮小姐轉頭看了她的愛人，是個壯碩的熟男，兩人眼波中都是愛意，對著杜小悅點點頭說：

「滿意！很滿意！」

杜小悅的臉已經紅成豬肝色，色彩學的色票都標不出這套顏色。

之後，杜小悅都直接把這份問卷丟給對象自己填，然後躲得遠遠的，回頭再來收，奧美有附不錯的贈品給問卷對象，基本上很少人會拒絕填問卷。

明有這幫好姊妹幫忙，在奧美問卷部奠定了好名聲，一畢業就被延攬進去，她算是直接北漂混得不錯的。

柿子在廣告公司經營不善後，轉行做保險，先從身邊的人拉起，五專時的同學、學長姊、學弟妹、老師、社團全都接觸過，八卦本也最厚，她說獅子後來真的成了酒國之花，債都還了，靈魂卻淪陷了。

杜小悅總想起專一時，和獅子短暫的友誼，造化真的弄人，她只能在心裡為她祈禱一萬遍。

這天，杜小悅走到公司的公關尤物李蒨的座位上，端詳了她工作桌上用玻璃壓著的旅遊照片。

李蒨從總經理室出來，看到杜小悅鬼鬼祟祟的。

「幹嘛！小氣鬼肯花錢去走一走了嗎？這張在冰島上空吃冰淇淋的照片，是我旅遊史裡最終身難忘的故事了！五個小時之內經歷了四季變換，零度的氣候是他們的夏天，機長請大家吃冰淇淋慶祝夏天來臨。」

杜小悅覺得自己好像比較適合像《花樣年華》裡去吳哥窟走一趟，學梁朝偉把秘密講給樹洞聽。

後來杜小悅告訴阿冠，她也有一段沒有消化好的初戀，似乎一直影響著她之後的戀情。

「不然，過年要到了，我們請特休年假，各自找一個地方去放空，好好的把彼此心中的那段忘不掉的故事消化一下，回來之後如果彼此感覺不變，就升格為戀人，如何？」杜小悅說。

阿冠欣然同意，火速訂了往夏威夷的機票。

杜小悅還在猶豫要去冰島還是吳哥窟，在購物商場逛著禦寒衣物區，逛著逛著，阿冠出現在眼前，他手上都是海灘用品。

「所以你……，你是要去……？」杜小悅說。

「噓……不能說，約定好的……是秘密！」阿冠故弄玄虛。

杜小悅還是訂了冰島的飛機票，晚上睡到半夜夢到海，醒來一陣心痛，靈光一閃，決定不去冰島了，清晨天微微亮，就直奔另一個地方。

杜小悅出現在崎頂的海邊，沙灘上好多年輕人在戲水，她想著五專時候的初戀，和劉步祥的交會，心還是會怦怦跳。

太陽像蛋黃打在海平面上，沉沉的要入海，杜小悅唱著歌：

海……一片湛藍的大海，我又來看海……。

一群像自己五專時年紀的男女生奔過來，杜小悅突然有種錯覺，時空真的調轉了，但如果真的能像穿越劇那樣有一次回到這個時空的機會，她有能力改變什麼嗎？

此時，阿冠的笑臉映在海平面上，她恍神的走向海……。

「小姐……，不要想不開嘿……。」

那群年輕男女的叫聲喚醒了杜小悅，她回神，海浪已經在她的膝蓋高了。年輕女生們一擁而上把杜小悅拉回岸上。

畢業後，杜小悅第一次回五專學校，竟然都沒變，其他學校都蓋大樓修操場的，這所學校竟然一點都沒變，實在令人匪夷所思，唯一的好處是留住了許多愚蠢的回憶。

杜小悅把許多以前經歷過的場景走了一遍，教室、福利社、樂隊、合唱團、畫室、升旗台、運動場、女生宿舍……，每回想一件蠢事就笑到不行，淚都飆出來了。她特地找到當年第一眼和阿祥觸電的那個專四教室的講台，陽光依舊灑落，但人已渺渺。

以前總是迴盪在耳畔的流行歌已經沒了，因為唱片業不景氣，玫瑰唱片行早就不見了。

「乏善可陳的學弟妹啊！」

另一邊的夏威夷，阿冠開心的衝浪，頻頻把照片上傳FB，皮膚曬得更黑亮。

收假了，各自回工作崗位，年假後的業務量可是會爆炸的，杜小悅一開工就忙著三部新片準備上院線，像鋼鐵部隊打仗一樣，在阿冠的影城辦了兩場首映會，兩人交會時，杜小悅的態度很冷，阿冠知道意思了。

「我和阿冠的開始也是結束。」杜小悅和李蒨送走最後一位記者，走出影城時，內心如此想。

杜小悅搭末班公車回住處，發現原來台北的歐巴桑都在這裡，看似是從陽明山泡湯後心滿意足回程的一群，她們像包了整輛公車，只有司機和杜小悅一個外人。

杜小悅知道她們為何愛搭公車，因為可以把嗓門開到最大聊八卦，都用台語。

歐巴桑甲：「阿彩的女兒已經三十歲了還沒談過戀愛，最近老是做出很奇怪的事。」

歐巴桑乙：「啥？三十歲了，人家說這樣陰陽不調和，會開始心理變態，難怪阿彩最近臉色不是很好看。」

杜小悅心想，結了婚不幸福才會心理變態吧！結了婚的心理變態狂大有人在，只有性沒有愛的人才會做出奇怪的事，她在心裡用台語回應她們。

歐巴桑甲：「ㄟ……，不過我家媳婦雖然有結婚，我也覺得她心理有問題。」

歐巴桑乙：「怎麼說？」

歐巴桑甲：「內褲都要積一個禮拜才洗，而且是放在洗衣機洗……，這種貼身衣物怎麼可以這樣處理。」

歐巴桑乙：「那是懶惰吧！現在的年輕人喔，又懶又愛享受，哪像我們以前……，冬天冷吱吱也要一大早爬起來洗衣服，用手洗，洗到雙手凍得不得了……。」

杜小悅心想，現在時代不一樣了，就是不一樣了，至於那些不一樣，她真的不想一一條列，她也想著那些已經嫁為人婦的麗蓉、情情、錦雯、章章、貴知……，是不是她們口中的媳婦？

一定不是的，杜小悅這一輩的媳婦應該是吃苦耐勞末班車，她堅定的認為。

她覺得實在太吵了，按鈴下車，當晚步行從劍潭走回師大夜市。

每次到劍潭，都會莫名地想起金城武和梁詠琪的《向左走、向右走》。

週五晚上，飄著小雨，杜小悅從住處下樓走走，吃完一碗師大夜市的米粉湯，隨意四處散步逛逛，淑娟姐的店映入眼簾。

這晚，店裡放的是爵士樂，小號和薩克斯風交纏，是杜小悅熟悉的，畢竟她五專時吹過起床號和國歌。

「淑娟姐……，我想我這輩子應該沒法得到幸福了……。」

杜小悅一邊洗著杯子一邊喃喃自語。

淑娟姐正在攪拌咖哩。

「怎麼會這麼快就下定論？妳才幾歲？」

「我的同學幾乎都嫁光了，我卻八字沒一撇，所以無望了……，那也沒關係，反正也有人戀愛了又分手，結婚了又離婚，無所謂！」

淑娟姐抬頭看杜小悅，正要認真說教，看到一把掛在杜小悅身旁的傘。

「啊！步祥的傘是妳借走了，瞧我這記性……，有一大段時間了吧！他來也沒提起，應該大家都忘了……。」

杜小悅還沉浸在絕望的自暴自棄裡，突然聽到步祥這兩個字，很不真實感，懶懶地問一句。

「淑娟姐……，妳剛剛是說步祥嗎？他是不是姓劉？」

杜小悅有種挑釁和嘲諷的意味，她認為命運真夠狠的，在這時候還在傷口上撒鹽。

「妳怎麼知道？他就是姓劉啊！劉步祥！」

杜小悅其實沒有很驚訝，因為她的臉書上還有一堆待聯繫確認的劉步祥。

「就是我一直想介紹給妳認識的那一位，原來他的傘被妳帶走了……。」

「淑娟姐！真的不用費心了，傘還了就可以了，真的抱歉，上次下雨就隨便拿了把愛心傘，之後都沒下雨，所以也就忘了帶來還，今天飄雨了，正好還回來。」

淑娟姐好像想到什麼有趣的，抬高了音量。

「對了，他以前也住南部，後來弟弟心臟病手術失敗過世，媽媽受不了打擊，想離開傷心地，才搬到我家隔壁，這孩子我觀察了很久，不會錯的，真的可以認識一下，很有禮貌也有責任感……，還有他很喜歡攝影，是很夠水準的那種……，還有他的工作是……。」

杜小悅腦門轟的一聲，腦海閃過阿冠在大樓頂勸李蒨不要輕生的話，以及他

ＦＢ上不斷更新超水準的攝影作品，鹽水蜂炮時拿著相機對著她拍的樣子，甚至牽老人過馬路的姿態……。

「這小子現在在戲院當經理，就是這樣我才想把你們兩個兜一塊，都電影圈的，我這個人幫人家介紹絕對是用了煮咖哩的力道，不是隨便點鴛鴦譜的。」

這些訊息實在太豐富了，如果還是誤會一場的話，就太不可以了，杜小悅捋一捋澎湃的思緒，小心翼翼的問：

「劉步祥，有改過名字嗎？」

淑娟姐精神都來了，放下手邊的工作專心回答：

「改了，現在不叫步祥了，他弟弟過世後，算命的說步祥這個音唸起來很不祥，所以就改了名字，但是我已經叫習慣了，不小心還是會脫口而出，我又不迷信！」

淑娟姐怕自己看錯，把燈對準杜小悅的臉，她已經淚流滿面了。

淑娟姐把杜小悅拉到前台的椅子上坐下，疑惑著。

「怎麼啦？」

「他以前很斯文帥氣的啊，怎麼變得那麼嘴賤，誰認得出來是他啊……。」

淑娟姐還沒意會出杜小悅的意思，循著她的話往下延伸：

「剛搬來的時候是斯斯文文的，後來就跑去衝浪越曬越黑，不過雖然黑，還是很帥不是嗎……，嘴賤？有嗎？」

淑娟姐剛意會和杜小悅的對話很不一般，感覺很能搭上步祥的話題，正要問她怎麼知道那麼多事時，她已經一溜煙衝出門了，連背影都來不及目送。

杜小悅拿著傘在街燈下打電話，是語音信箱，她著急的在雨中前進，攔了幾部計程車，但計程車都有載客。

雨勢越來越大，她躲入大樓躲雨，餘光瞥到建物的指示牌，上面標示的建築師是李卉。往上看，建築物果然歪歪斜斜的，但是很有時尚感，杜小悅篤定這應該就是專一時第一個跳船轉學的李大袍了。

雨打在杜小悅臉上，視線迷離。杜小悅的心揪著，她想起專三時的英文課，阿祥坐在她身後，應就是準備要搬到台北，來向她做最後的道別，她臉上已經分不清楚是雨還是淚了。

杜小悅傳了簡訊給阿冠：

明天早上六點，台北火車站見。

下了一個晚上的雨，清早總算停了。

深秋入冬時，台北總是濕濕冷冷，復興號火車過中壢站後，陽光就露臉了，越往南越亮。

「各位旅客！各位旅客，竹南站到了，要到竹南的旅客請準備下車……。」

杜小悅和阿冠從睡夢中驚醒，因為起了大早在火車站會合，沒睡飽，都在車上打盹，醒來衝下車換平快火車。

平快車的特色就是慢。

「慢得好！」阿冠說完話就又睡了。

上了平快，一人分據一邊，因為是非假日，兩人還沒跟公司請假就在這裡了，車廂裡就兩個人，可能是還早又是南下的關係。

愛慢車終於開動了，杜小悅的眼淚飆了出來，宛如高畑勳動畫《回憶的點點滴滴》重現，光影穿過行進間的火車窗框，忽明忽滅，觸動杜小悅年少輕狂時留戀侯孝賢《童年往事》、《戀戀風塵》時的情懷，倏忽蒙太奇，啟動 metadata（元資料）連結，那一年，攝影社到崎頂露營時，回程，阿祥和杜小悅就在同一個車廂上。

轟隆！

火車進了山洞，底片潛入水底，顯影。

杜小悅和阿祥都學過攝影，知道曝光越剛好，照片的質感肌理就越完美。

眼前依然一片漆黑，杜小悅的心依然如十七歲時撲通撲通跳個不停。

轟隆！

視線豁然開朗，火車出山洞，大甲溪壯闊景緻入了眼簾，阿冠睡得很沉，杜小悅移到阿冠身旁端視他，第一次這麼近看他的臉，熟睡中的阿冠褪去了厚框眼鏡，緊閉著雙眼，杜小悅突然一陣心痛，因為她想起十七歲時遇到的阿祥，其實內心隱藏了失去弟弟的傷痛的劉步祥。

突然車廂一陣較大的晃動，阿冠張開眼和杜小悅近距離對視。

「就是這眼神！就是這眼神！」

杜小悅的心跳加速破百，難怪王海玲唱著：

不看你的眼　不看你的眉
看了心裡都是你　忘了我是誰

一切都對起來了，那崎頂之上的營火晚會，在黑夜中窺探的眼神，讓杜小悅不忍直視卻又心神蕩漾的那雙眼神就裝在阿冠的臉上。

一定會有人很鄙視杜小悅的粗線條，認為這比《令人討厭的松子的一生》或艾蜜莉更扯，但可以回想泰國青春愛情電影《初戀那件小事》，女主角醜小鴨變成天鵝前的樣子，一樣讓人難以辨識，而這一次，卻是阿冠從天鵝變成醜小鴨，讓杜小悅認不得了，事實上是杜小悅自己先入為主的討厭阿冠，被他的厚框眼鏡蒙蔽了雙眼，阿冠依然未減少年時帥氣，反而更添陽光男孩的健康，衝浪讓他的皮膚變得黝黑，身形線條更扎實而好看，李蒨看得懂，杜小悅看不懂。

十三年，所有的變化都能讓人在茫茫人海間和初戀情人擦肩而過而沒有認出彼此……。

杜小悅成河的淚是又氣又好笑的綜合口味，阿冠已經握住了她的手。

「我喜歡的那個女孩，她很喜歡看電影，我會做這份工作，就是在等她。希望有一天我會再遇到她。」

「我喜歡的那個男孩，他喜歡攝影，因為喜歡他，而讓我喜歡攝影，再喜歡上電影，電影是攝影的藝術，但我沒有想到他一直在等我，而我一直在找他。」

阿祥把杜小悅攬了過來，親吻了她。

火車行在長長的大甲溪橋上，走很久都走不完，因為它停在橋中央，等候交會列車，秋冬時節，溪河床滿布蘆葦花，風一吹，花絮紛飛……。

「心機鬼！」杜小悅責罵阿冠。

「我本來是影城的技術顧問，和老闆有拜把交情，妳家的電影辦首映，我也受邀了，在妳匆匆忙忙衝進影廳把我撞倒在戲院走道時，我就認出妳了，因為妳以前很彆扭，我不知道妳是不是不一樣了，回去想了一天一夜，才向我的拜把兄弟遞履歷。」

這就是天蠍座和雙魚座磨死人的愛情故事，平行線的另一端正在架設高鐵的鐵道，類比的時代迅速的走向數位時代，單眼相機、自動相機、數位相機、手機，人類的愛情也越來越數位，班雅明說的光韻（auro）不知還能撐多久。

這班終於又辦了幾百年一次的同學會，這次的主辦人是文慧跟情情，芬親改了名字，因為婚姻岌岌可危，快要應驗以前阿宗老師的預言：

「芬親？唸起來很像分開的親人，不吉利！」

命理師給她一個很難唸的新名字「閒帛」，打字要找很久才找得到那個字，每次在LINE裡要找她都還是直接叫芬親，惹得她很生氣，說新名字要常叫才會改運。

除了芬親，桂枝、麗蓉、錦雯也都改了名，都是一些很難找到字的名字，大概這樣才不會跟人重複，命運才會獨一無二。

當年小札最後對這班的預言只有一件說中了，就是城市霧霾……。

這些年，常常想起趕大幅全開精細素描夙夜匪懈、不吃不喝的狂，深夜裡，半夢半醒之間，杜小悅從二哥那裡強霸來的老式收音機流瀉出〈Morning after〉……。

想起那本躺在青春抽屜裡早就被遺忘的離騷小扎……。

杜小悅的異想 1985

作　　者	湯素貞
發 行 人	林敬彬
主　　編	楊安瑜
編　　輯	吳培禎
封面設計	廖雪雅
編輯協力	陳于雯、林裕強
出　　版	大旗出版社
發　　行	大都會文化事業有限公司
	11051台北市信義區基隆路一段432號4樓之9
	讀者服務專線：(02)27235216
	讀者服務傳真：(02)27235220
	電子郵件信箱：metro@ms21.hinet.net
	網　　址：www.metrobook.com.tw
郵政劃撥	14050529 大都會文化事業有限公司
出版日期	2020年02月初版一刷
定　　價	320元
I S B N	978-986-98603-1-4
書　　號	Story-35

First published in Taiwan in 2020 by Banner Publishing,
a division of Metropolitan Culture Enterprise Co., Ltd.

4F-9, Double Hero Bldg., 432, Keelung Rd., Sec. 1, Taipei 11051, Taiwan
Tel:+886-2-2723-5216　Fax:+886-2-2723-5220
Web-site:www.metrobook.com.tw
E-mail:metro@ms21.hinet.net
◎本書如有缺頁、破損、裝訂錯誤，請寄回本公司更換。

國家圖書館出版品預行編目（CIP）資料

杜小悅的異想1985/ 湯素貞作. -- 初版. -- 臺北市：
大旗出版：大都會文化發行，2020.02
304面； 14.8×21公分. -- (Story ; 35)

ISBN 978-986-98603-1-4(平裝)

1. 華文小說 2. 文學小說

863.57　　108022066